モンスター娘のお医者さん10
折口良乃
Illust Zトン

グレンのベッドは、棺のようだ、と思った。
泣きはらしたティサリアが、
ランタンでグレンの顔を照らす。
アラーニャが傍にひざまずいて、
グレンの胸を撫でている。

噴水の縁には、
ルララがいくつものランタンを並べている。
今リンド・ヴルムにいないスィウ、イリィ、プラムの分だそうだ。
ルララは、ランタンの火に囲まれながら歌っている。
そうするのが当然だといわんばかりに――
夜の中央広場に、人魚の歌声がずっと響いている。

Contents

ダッシュエックス文庫

モンスター娘のお医者さん10

折口 良乃

プロローグ　真夏の昼の夢

暑い。

蒸《む》し暑い。

「……」

グレン・リトバイトはぼんやりとした意識のまま、周囲を見回した。そこは見慣れた診療所。診察室のいつもの席に座っている。

「……ええと」

グレンは頭を振る。

周囲から得られる情報を、一つ一つ確認していく。まず感じるのは、暑さ。とにかく蒸し暑い。その一方、なぜか身体《からだ》の芯《しん》は冷たく感じる。体調が良くないのかと思うほど、腹の底が冷えて気分が悪い。

「なにが――どうなったんだっけ」

前後の記憶が曖昧《あいまい》だが。

「確か、僕は診療所にいて……サーフェは結婚式の準備で……その後――」

霧《きり》にまぎれたような頭の中、記憶が徐々《じょじょ》に浮かんでくる。

「モーリーさん、が来て……僕の胸を……」

そうだ。

はっきりと思い出した。

首なしの魔族――デュラハンの女性が、グレンの胸を刺し貫《つらぬ》いたのだ。その姿は、グレンの知る墓場の支配人モーリーによく似ていた。

「っ」

グレンははっとして、自分の胸を見る。

刺し貫かれたはずのグレンの胸は、裂傷、出血、いずれも見られない。服に穴さえ開いていない。

普通に考えれば、刺されたというのは夢だったのだろう。だがグレンには確信があった。

（たしかに、殺された。痛みも苦しみもなくて、すうっと消えるように意識が落ちた……！）

医者であるグレンは、自分が死ぬ直前でさえも、状況を冷静に見つめていた。グレンがデュラハンに殺されたのは紛《まぎ》れもない事実だ。

「でも生きてる……よな」

蒸し暑い空気と、それに反するような体の冷え。

体調がいいとはとても思えない状態だったが、ともかくグレンは生きているようだ。

「誰もいないのか……？」

いつもは患者でごった返す診療所も人の気配がない。それだけならばまだしも、妖精の気配さえ一つもないのは——。

異常だ。

バロメッツの種子で街全体が眠りに落ちた時でさえ、妖精たちはその影響を受けなかった。彼らの存在さえ感じられない世界というのはひどく静かで、停滞している。

「……」

グレンは。

ふらふらとした頭を押さえながら、診療所を出た。

外もまた暑い。だがこれだけ暑いのに、冷えた体はまったく汗《あせ》をかかない。それがとても気持ち悪かった。

グレンの記憶では、リンド・ヴルムは熱波に襲《おそ》われていたが。

この暑さはそれとはまったく違うもの——そんな気がした。

「……外にも、誰もいないか」

リンド・ヴルムは、常《つね》に賑《にぎ》やかな都市だ。

診療所も大通りに面しており、行き交《か》う人々が絶えることはない。あるいは深夜なのかと思い、グレンは空を見上げたが――。

夕方のような藍色《あいいろ》の空が、のっぺりと広がっているだけだ。太陽も月も星もなく、時をはかる術《すべ》がなかった。

人の気配は、どこまでもない。

これは――なんなのだろう。

「本当に、ここはリンド・ヴルム……？」

街並みは、たしかにグレンのよく知るリンド・ヴルムである。

だが、あらゆる気配が消え去ってしまったこの街が、グレンにはまったく知らない場所のように思えてならない。

冷え切った身体を引きずり、グレンは進んでいく。

（サーフェ……）

なにか異常が起こっているのは確かだ。

静かに、だが確実に、グレンの想像もしえない事態が起きている。

頭をよぎるのは、街にいる婚約者たち――特にサーフェが無事なのか。どこでどうしているのか。それだけが心配だった。

リンド・ヴルムの通りを進んでいく。

ふと、水路を見た。水棲《すいせい》魔族たちが通る水路が、何故《なぜ》か今は深く、底がないように思えてしまった。一度はまったら、二度と上がってこれないような。

「………っ」

やはりおかしい。

この街はリンド・ヴルムのようで——グレンの住んでいた街とは決定的に違う。

本能的にそれを直感するグレンであったが、だからといって自分の身に起こっていることが理解できるわけでもなかった。

早くなんとかしないと。

どこに行けばいいのかわからないまま、危機感だけが募《つの》るグレンだが。

「………いっ、おいっ」

ふと。

声が聞こえた。

薄い霧のせいで、方向がわからない。すぐ近くなのは確かだが——辺《あた》りを見回しても相変わらず人の気配はない。

「こちらだ、こちらっ！　おい！」

グレンはきょろきょろと辺りを見回す。

相手は明らかにグレンを認識しているようだが——グレンの記憶にはない声だ。一体誰だろうと思いつつ、声の主を探す。

「こちら——下だ。しーたーっ！」

「……下？」

足元を見れば。

小さい影が、グレンの足首のところにいた。

「やっと目に入れたか！　ええい、無知蒙昧《むちもうまい》なる劣等種め！　我が声に即時応答せぬなど不敬もここに極《きわ》まれり——いや今はそのようなことを言っている場合では」

「……妖精さん？」

帽子をかぶった妖精の一人。

その姿には覚えがある。妖精の識別はグレンには困難であるが、それでも一際《ひときわ》目立つこの個体は知っている。グレンの診療所で他の妖精たちを指揮するようなそぶりを見せていた。

「君はたしか、診療所の」

「いかにも！　リトバイト診療所小隊を率《ひき》いる勇猛なる指揮官、我こそコティングリー・ブラッドフォード6世であるぞ！」

「名前があったのか……」

「あるわっ！」

グレンがただひたすらに驚いていると、コティングリーと名乗った妖精がべしりとグレンの足首を叩《たた》いた。

特に痛くはない。

「いや、それよりも、喋《しゃべ》って……いる？」

「生まれ落ちたその瞬間より、明朗闊達《めいろうかったつ》なる言語を有しておったわ！　『喋る』ことが困難なだけであり我らの思考は貴様ら劣等種とは……ええいっ、とにかく、今はそれどころではない！」

妖精コティングリーは、ふわりとその昆虫のような翅《はね》で浮かび上がり、グレンの肩に乗った。

「緊急事態だ。早急に対処せよ、グレン医師」

「はい、わかっています。みんながどこにもいないし――なにかが起こっているのは明白ですね。サーフェたちを捜さないと」

「ええい、そこからか！」

妖精は苛立《いらだ》たしげにその翅を震わせた。

ハチの羽音のような音が広がる。

「逆だ、逆だぞグレン医師。皆がいないのではない。貴様がいないのだ！」

「――はい？」

「迷うているのは貴様よ！　今頃サーフェ女史らは、必死でお前を助けようとしている！　だからこそこの幽冥《ゆうめい》の狭間《はざま》に、わざわざ余《よ》がやってきたということがわからぬか！」

「ええと、すみません。ちょっと状況が……」

よく知らない妖精に何故ここまで怒られなければならないのか、グレンは困惑《こんわく》しつつ、コティングリーの意図を読み取ろうと必死になる。

「ええい、話が通じても意味が通じぬか！　やはり人間は我らがいなくてはなにもできない蒙昧なる――わかった、貴様の程度に合わせて簡便《かんべん》に話してやる！」

「あ、ありがとうございます……？」

グレンは困惑しながら、偉そうなコティングリーに頭を下げる。

「いいか、グレン医師。貴様は――死んだのだ」

「……は？」

ただでさえ冷え切った身体が、更《さら》に温度を下げた気がする。

「ま、待ってくださいあの」

「いいや待たぬ。まずは自分の在《あ》り様を受け止めろ」

「だって、僕はこうして話をしていますし……それに、ここはリンド・ヴルムです」

「ここが？　――なるほど、貴様にはそう見えているのだな」

コティングリーは鼻で笑って。

「ここは竜の街などではない。まぎれもない死後の世界。冥界《めいかい》、幽世《かくりよ》、あの世とお前たち人間が呼ぶ場所だ――もう一度言うぞ。グレン医師」

コティングリーの低い声が、グレンの腹にずしりと響く。

「貴様は死んだ」

「――――」

「ここは死後の世界。貴様がいたリンド・ヴルムではない。自分が死んだ瞬間のことも、はっきりと覚えているのだろう？」

顔を近づけるコティングリー。

デュラハンに刺し貫かれたその瞬間のことは、たしかにグレンの記憶にあった。

「そんな……」

グレンは言葉を失う。

周りの空気はただひたすらに暑い。

だがそれが、自分が冷え切った身体だから、相対的にそう感じるのだということに、グレンはようやく思い至《いた》った。

「貴様は、死後の世界に来たのだ、グレン医師」

生物は、生きている限り熱を発生させる。

冷え切った身体の自分が、熱を失っている――代謝《たいしゃ》をしていないということに、グレンは気づくのだった。

蒸し暑い街の空気が、途端《とたん》に恐ろしいものに感じるグレンだった。

症例1　行方知れずのデュラハン

なにもかもが疑問だらけだった。

グレンが目覚めた場所は、死後の世界だという。普段は一言二言しか喋《しゃべ》らない妖精が、流《りゅう》暢《ちょう》に話してそれを教えてくれた。

だが。

「待ってください」

一時は取り乱しそうになったグレンだが、冷静さを取り戻す。

死んだなどとにわかに信じられるものではない。なにしろグレンは、明確な意識をもった存在としてここに在《あ》る。死んだと言われても信じられない。

「僕が死んだ、というのなら……ここでこうしている僕は何者なんですか？」

「魂《たましい》だけの存在だ。知っているのだろう？　死んだ体に魂が残ればゾンビやスケルトンに、魂だけが現世にとどまればゴーストになる。墓場街には山ほどいるはずだ」

「それは……」

たとえば苦無《くない》・ゼナウは、死肉をつぎはぎにしたフレッシュゴーレムである。生理学的には理解できるものではないが。

魂の声が聞こえる、とも言っていた。生物の肉体とは別にある『魂』という概念。生理学的には理解できるものではないが。

墓場街で観測できる現象を思い返せば、『魂』はあると言える。

「ただ、大抵《たいてい》の死体には、多少は魂が残るものだ。綺麗《きれい》に冥府《めいふ》にやってくるというのも珍《めずら》しいがな」

コティングリーも首を傾《かし》げた。

『綺麗に』という表現が気になった
「では――ここがリンド・ヴルムの街並みなのは何故《なぜ》ですか？　ここが貴方《あなた》の言う冥界《めいかい》だとして……まさか冥界の作りがリンド・ヴルムと全く同じだとでも？」

「？」

「いいや、貴様にはリンド・ヴルムのように見ているだけだ」

不可思議な言い回しに、グレンは首を傾げた。

「余《よ》にはまったく違うように見える。ここは静かで、停滞した暗い世界よ。街並みだと？　余には建造物は数えるほどしか見えぬ」

「ですが――」

「おそらくは、まだ、貴様は、完全には死にきっていないのだろう。冥府をありのまま見つめられるのは死者だけだ。この世界がよく知る街に見えているのは、おそらく貴様の魂が、まだどこかで肉体と繋《つな》がっている証左《しょうさ》だ」

「っ！」

コティングリーには、この世界がどう見えているのだろうか。

「人は時に世界を都合よく見る。冥府のありのまま見ることは、生者の精神には耐えられぬゆえ、自然と変換してしまうのだろう」

「そういう、ものなのですか」

「来て良かった。完全に死んでいたら生き返る望みは薄かった」

グレンは息を吐いた。

コティングリーの言を信じるなら――グレンはまだ生き返るチャンスがあるのだ。

「あの……もしかして、コティングリーさんは僕を助けに……？」

「そう言わなかったか？　――ああ、言わなんだか。無論、余にとって人の生き死になど些末《さまつ》なことであるが、貴様が死ねば我らと親しいサーフェ女史がどれほど悲嘆《ひたん》に暮れるか知れたものではない。まして唐突《とうとつ》なデュラハンの来訪は、自然に反した歪《いびつ》なる理《ことわり》である。これを見逃すことは妖精として――」

「すみません、簡潔《かんけつ》にお願いします」

「……貴様を助けに来た」

コティングリーは憮然《ぶぜん》としながらも、一言で答えてくれた。

「とにかく、自分の状況を理解しろ。貴様は綺麗に肉体から離れた、魂だけの状態だ。だが、ほんのわずかな可能性であるが、生き返る余地を残している。仮死状態や臨死《りんし》体験というべきだろうな」

「はい——ありがとうございます」

臨死体験。

死に瀕《ひん》したものが、不可思議な光景を見る。グレンも医者として、そんな報告をいくつか読んだことがある。

多くは近くに川が流れているのを見るというが——。

（……川、か）

底の見えない水路を見た。

グレンのよく知る、水のある光景がリンド・ヴルムであり——グレンの無意識が勝手に、この世界をリンド・ヴルムと結びつけているのかもしれない。

「あれ？　ええと……そうなると、もしかしてコティングリーさんも死んでいる、ということになるのでは？」

「なっ、なにを言う！　たわけがっ！」

ここが死後の世界ならば。

同じ場所にいるコティングリーもまた死者なのか。そう思ったのだが、コティングリーはぷりぷりと怒りだす。

「人間の尺度でものを言うな！　そもそも妖精に生死の概念はない。我々はそのようなルールに縛《しば》られることのない妖精だ。妖精がここに来れるのは――この場所が、我らが生まれた妖精郷と非常に近いからだ！」

「近い……？　ええと、ご出身が……？」

「ああ。無論、距離ではなく、次元の位相が近似《きんじ》する。そういう意味では我々妖精は元より魂だけの存在に近いともいえる」

「？」

「ああ、まあ、それはさして重要ではない。大事なことは別にある」

コティングリーは、ぶうんと飛んだ。

とぼけた半眼《はんがん》だが、深い知性を感じさせる瞳《ひとみ》で――グレンをまっすぐに見つめてくる。

「医者である貴様に問おう。――生物にとって、生きているとはなんだ？」

「はい。全身の内臓が滞《とどこお》りなく機能し、食事と排泄《はいせつ》、睡眠、生殖《せいしょく》を行うこと。つまり代謝《たいしゃ》を繰り返しながら次代に命を繋《つな》ぐことです」

グレンはよどみなく答えた。

コティングリーはその回答に満足したのか、うむと頷《うなず》く。

「そうだ。そこで、我ら妖精は、食事も生殖も行わない。妖精を生み出せるのは妖精女王だけだ。我ら一介《いっかい》の妖精には、生も死もない。未来永劫《えいごう》、変わらない」

「……？」

「死者も同じだ。もう死んでいるのだから変わらない。成長も代謝もない。冥府と妖精郷は性質が似ているゆえに、『近い』と表現したのだ」

独特の見解であった。

「たとえゾンビでもスケルトンでも、現世にあるものはいずれ消える定め。それは『変わる』ということだろう？　冥府は魂が行きつく場所なのだから、その先はない。冥府の魂がいずれなにかになることも、消えることもない。それが冥界だ」

「……おおう」

コティングリーによれば、死は『不変』であり『停滞』すること。

とても抽象的な世界観であるが、彼（彼女？）にとっては自明のようだ。グレンが感心しているとコティングリーは胸を張り、

「無論、我ら妖精が不変であるのは、変わる必要もないほどに完璧《かんぺき》であるゆえだが！」

「ええと……妖精さん、そんな喋り方だったんですね」

「うむ！　今、この瞬間、余とこのようにスムーズに意志疎通《そつう》ができるということは、貴様の存在が魂のみである証左である！　妖精の対話は魂を繋いで行われるからな」

よくよく見れば、コティングリーの口の動きは、発せられる言葉と連動していなかった。言葉がグレンの思考に直接届けられてることに今更《いまさら》ながら気づく。

「貴様、今のところはなんとか現世と繋がっているようだが、早く帰らねば本当に冥府に適応して、死者となってしまうぞ」

「そう言われましても……」

グレンは戸惑《とまど》いながら、

「どうやって帰ればいいのでしょうか？」

「………」

雄弁だったコティングリーが、黙って横を向いた。

「えっ⁉　ちょっと、コティングリーさん⁉」

「ぶ、無礼だぞ！　閣下《かっか》と呼べ！」

「帰る方法を知らないんですか⁉　助けに来てくれたのでは！」

「確かにそうだが……！　だが、そもそもあの世とこの世を気軽に行き来できてたまるか！　余が妖精だからこそ可能な御業《みわざ》だ！　貴様はなぜか『死にきっていない』ようだが……だからといって容易に戻れるわけではない！」

「はあ……」

コティングリーの語気に、グレンはわずかに呆《あき》れる。

とにかく自分の置かれた状況は理解した。

そしてコティングリーが、自分を助けに来てくれたことも。そのこと自体はありがたく思うのだが――。

肝心《かんじん》の帰還《きかん》の方法がわからなければ、途方に暮れてしまう。

「まあ待て。すぐに帰れるわけではないが、手はある」

「本当ですか」

「うむ。貴様を刺したデュラハンがいるだろう。今、貴様がここにいるのも、中途半端な死者となっているのも、あやつめが原因だ」

グレンが診療所で刺された時のことだ。

あの時、周囲に妖精たちの気配はなかったが――。

「……ちゃんと見てくださっていたのですね」

「ああ。尋常《じんじょう》ならざる来客ゆえ、とりあえず部下たちにも静観を命じた。あのデュラハンは現世にあるものとは違う……妖精に近い類《たぐい》のものだ。死の使いとしてああいう姿になっているのだろう――まさかあのような暴挙に出るとは」

デュラハン。

大陸西部で見かける希少《きしょう》種族だ。首がないことからアンデッド、死神などと呼ばれることもあるが、れっきとした生物である。

少々ややこしいが、グレンを襲《おそ》ったデュラハンは、魔族とは違う。姿が似ているだけの別の存在ということだろうか。

「あやつは、冥府の神の使い……文字通りの、死の使いだ。貴様を絶命させることは容易だったはず——だのにあえて現世との繋がりを残したのはなぜか？　使いである以上、ヤツの行動はすなわち、死をつかさどる冥府の神の意志でもあるだろう」

「……はい」

「ゆえに、冥府の神に事情を聞けばいい。冥府の神に会って問いただす。あるいは生き返りを願えば聞いてくれるやもしれぬ。過去、冥府の神への嘆願《たんがん》で、死者がよみがえったことも……ごくごく稀《まれ》にあったと聞くしな」

グレンは頷いた。

ここが冥府であるのならば、その主《あるじ》に尋《たず》ねるのは道理だ。

「……ただ、冥府の神に会うといっても、ここにいるんですか？」

「いる。なにしろここは冥府だ。死の使いとその主が拠点《きょてん》としているからな」

「と、言いましても……」

人の気配そのものがない。

「ここは冥府の周縁《しゅうえん》部だ。中心に向かえば冥府にある魂も、魂の番人もいる。それに——見えるだろう。本来のリンド・ヴルムにはない、あれが」

「え？」

グレンは目を凝《こ》らす。

リンド・ヴルムの中心部、中央議会があるほうへ――本来ならば高い尖塔《せんとう》が見えるはずだが、

今は。

城があった。

立派《りっぱ》な城が――いや、あんな巨大な建造物が、リンド・ヴルムに存在できるのか？　中央広場を潰《つぶ》して作ってもまだ足りない。

（あの城、どうやって……リンド・ヴルムの敷地よりも大きいんじゃ……）

遠近感が狂う。

中央広場にある、巨大な建造物が、グレンの空間認識を惑《まど》わせる。

コティングリーの言う通り、ここはリンド・ヴルムではないことの証明が、あの巨大な城ということなのだろう。

「あの城こそが冥府の中心、冥府の神が住まう宮殿よ。さすがに貴様でも見えたか」

「え、ええ、あんなに大きいのに、さっきまで気づかなかった……」

「当然だ。余が教えたからこそ、存在に気づいたのだ。今の貴様は現世の価値観のまま。余が言わねば冥府の事物に気づけぬ。余は案内役として、貴様を冥府の脅威《きょうい》から助けよう」

コティングリーが再びグレンの肩に乗る。

「さあ、中心部に行け、グレン医師！　――余を連れてな。広い冥府をこの身体《からだ》で歩き回るのは疲れるゆえ」

「は、はあ、わかりました」

妖精を連れて、グレンは進んでいく。

どうやら、味方が来てくれたのは間違いない。

薄い霧《きり》に包まれるリンド・ヴルムで、たとえ妖精とはいえ、たった一人ではないということに安心するグレンなのであった。


どう見てもリンド・ヴルムにしか見えない街を、グレンは歩いていく。

冥府だと言われても、やはり実感はわかない。しかし進んでいくにつれて、気づくことはある。

まず、街の構造がやはり、微妙に違う。

大通りからいつの間にか小道に入り込んでいたり、本来ないはずの位置に十字路が出現したりと、道の繋がりが異様だ。『さっき通ったはずの道』に戻ったこともある。

ただ立って見ているだけでは覚えない違和感を、歩けば歩くほどに強く意識するグレンであった。

（やっぱり、リンド・ヴルムではない、なにか別の場所――）

そして、人も増えた。

人――と言うべきなのかはわからない。道を歩き進むうちに、姿の判然《はんぜん》としない影とすれ違うことがあった。その多くは、濃い霧に紛《まぎ》れており、その姿は元より、種族さえも判然としない。霧に隠れているというか、霧があえてその姿を見せないようにしているようだった。

立ちこめる霧についてコティングリーに尋ねると――。

「その霧は、貴様の認識の限界だ」

との答えが返ってきた。

「貴様はまだ現世と繋がっている。生きているうちは、死者のルールを知ってはならない――ゆえに、無意識の拒絶が、霧という形で現れ、周りにいる死者の魂をはっきりと見せないようにしている」

「コティングリーさんには、死者の姿が見えるんですか」

「ああ。見える。だが気にしなくていい。ただの冥府の住民に過ぎない。不気味でも陰気でもない、ただそこにあるだけだ」

そんなものか、とグレンは納得した。

冥府には冥府の理《ことわり》があるのだろう。それは自分が死んでから初めて知るべきで、ゆえに今は知らなくていいのだと、あっさり受け入れた。

（あれ？　でもそうだとしたら……現世の僕は……？）

現世の自分はどうなっているのだろう、とふと思った。

死んではいないというならば、瀕死《ひんし》の状態で病院にでも運ばれたのか。そうなるとサーフェやクトゥリフに迷惑をかけてしまう。まだ自分の肉体に息があるなら、一刻も早く戻らねばならない。

（苦無さん、『声』の聞こえなくなった死肉は、埋葬《まいそう》すると言っていたっけ……）

死肉をつぎはぎした苦無・ゼナウは、その肉の『声』が聞こえるという。

それが即《すなわ》ち『魂』なのだとしたら――現世のグレンには、肝心の『魂』が入っていないことになる。

（早く戻らないと――）

グレンの学んだ医療において、『魂』の概念は存在していない。魂の存在を定義しなくとも、生物は生物としての機能を果たすことができる。

だが。

墓場街の存在などを見るに、『魂』『霊魂《れいこん》』などはやはり有るのだろう。それが失われている間、肉体が無事である保証はどこにもない。

コティングリーもわざわざそのために来てくれたのだ。サーフェを悲しませないためにも、グレンは現世に戻らなければならない。

――どれくらい歩いただろうか。

この場所では、時間も空間も、全《すべ》てが曖昧《あいまい》だ。かなり歩いたはずなのに、中央広場に見える城が近づいた感覚は全くない。

これはつまり、コティングリーの言う『冥府のルール』にグレンが適応できていない証拠なのだろう。グレンの生きていた世界とまるで違うから、時間も空間の法則も、また異なるのだ、とグレンは解釈した。

やがて。

「着いたぞ」

コティングリーの言葉に合わせるように。

大通りを曲がった瞬間、近づく気配のなかった城が一気にグレンの目の前に現れた。中央広場へと進む道は、本来のリンド・ヴルムにはない鉄柵《てつさく》で覆《おお》われている。ここから先は別の領域である、と如実《にょじつ》に示すようだった。

そして入口であろう門扉《もんぴ》には、静かにたたずむ人影がある。

霧の中でもはっきり見えた。他の存在と違い、グレンにもそれと認識できたのは——彼女の姿を一度見たことがあるからだろう。

首のない修道女の姿。

他でもない、グレンをそのスコップ型の槍《やり》で貫《つらぬ》いた、モーリーであった。

「アレだな、貴様をここに連れて来たのは」

コティングリーが警戒《けいかい》も露《あらわ》に、相手を睨《にら》みつける。

グレンもまた、モーリーに似た存在を観察した。

まず、頭部がない。グレンを殺した時には小脇《こわき》に抱えていたはずだが、それも見当たらない。どこにいったのだろうか。

首からは、蛍光グリーンの炎が揺らめいている。その火の粉は蝶《ちょう》の形となって羽ばたき、この不思議な空間に消えていった。なるほど魂だけのこの世界においては相応《ふさわ》しい姿だ。

デュラハンは現実世界におり、その身体構造には謎も多いが——よもや自由に冥界と行き来できるわけでもあるまい。コティングリーの言う通り、彼女はあくまでデュラハンに似た姿をとっているだけの死の使い。

すなわち、死神だ。

死神がなぜ、モーリーと同じ顔だったのかはわからないが——。

「…………」

デュラハンのモーリーはなにをするでもなく。

武器を片手に、門扉で静かにたたずんでいる様子だった。話しかけてもいいものか、グレンが思案していると。

「たのも————ッ！」

コティングリーが居丈高《いたけだか》に声をかけた。

「余は妖精女王の使いたるコティングリー・ブラッドフォード6世である。冥府の番人、死の館《やかた》の門番よ。ここに冥府の神がいるとみた！　火急《かきゅう》の話があるゆえ取り次いでもらいたい——そう、貴様がここに連れてきた、この街医者についての話だ！」

「ど、どうも」

グレンは軽く頭を下げた。

デュラハンは反応しない。武器を片手に持ったまま、身体の正面をグレンに向ける。

一見すると、モーリーと同じ修道服なのだが——手甲《てっこう》や脚甲《きゃっこう》で武装しているのが、モーリーとの違いだ。戦いに備えたその姿に、グレンは思わず緊張が走る。

この冥府で、更《さら》に彼女に殺されてしまえばどうなるのだろう。

こうして残った魂さえ消えてしまうのだろうか。

「…………」

「む、反応がないな……おい！」

デュラハンはなにも答えない。

グレンを襲った時には小脇に抱えていたはずの顔が、今はどこにもない。身体の正面はグレンを向いているが、なにを考えているのかは不明瞭だ。

豊満な肢体《したい》の——しかも首がない——女性が、じっと佇《たたず》んでいるのは、グレンに言いようのない感情を抱かせた。

「むむ、こ、この——妖精女王の名代《みょうだい》たる余を無視するとは！」

コティングリーがついに焦《じ》れたのか。デュラハンに飛びかかっていく。べちん、と叩《たた》きやすい位置にあった乳房《ちぶさ》に痛撃を加えた。

「——ッ！」

びくん、とデュラハンの身体が跳《は》ねた。

「——!? ——!?」

「む？」

デュラハンは、慌《あわ》ただしく身体を左右に振り向けたり、手をこわばらせる。

「————っ！」

なにかを探すように胴を左右に振り向けるが、やがて怖くなったのか、武器を両手で持って震え始めた。足が内股《うちまた》になっている。

身体のこわばりは顕著《けんちょ》であった。

全身の筋肉が硬直し、不自然に震えているのがわかった。

「ええい、なんだその態度は！　死の門番たるデュラハンが、余に挨拶《あいさつ》もなしに！」

「——っ！」

コティングリーの言葉も届かない。

デュラハンは見えないなにかに怯《おび》え、震え、かと思えばあわあわと左右に動いたりする。コティングリーにはその態度も気に入らないらしい。

「あのー」

「なんだ!?」

グレンは思いついたことがあり、ぷりぷりと怒るコティングリーに声をかける。

「もしかして……このデュラハンさん、頭部を失《な》くしているのでは」

「なんだと!?」

デュラハンの反応がおかしいのは、そもそも耳も目もここではない場所にあるからではないか、とグレンは考えた。

「い、いや、たしかに見当たらぬが――自分の肉体の一部だぞ!?　そうそう失くすものか！」

「まあ、僕の知人にも、そういう方がいらっしゃるので――」

死肉を繋いで作られたがゆえに、体の一部を失くした苦無のことを思い出す。

「頭がないから、こちらにまともな反応ができないのかもしれませんね」

「ああそうか、人間は耳で聞いて口で話すのだったか。ええい、これだから感応《かんのう》のできぬ人間族は――」

「ただ、冥府《ここ》ではルールが違うかもしれません。意思疎通に問題はない可能性もある、とは思うのですが……」

事実、コティングリーとの会話は問題なくできている。それは冥府だからと言ったのはコティングリー本人だ。

「ふん。確かにここでの会話は魂を通すものだ。だが、魂のみであれ思考は頭部で行われる。頭部がなければまともな反応もできないし、自律的行動も難しいというわけだ。この身体は頭を失くして困惑《こんわく》しておるだけよ」

「はあ」

「というわけで、頭を捜すぞ」

ばちーん、と再び乳房を叩く妖精だった。彼女の肉体のなにが気に入らないのか。

びくびく怯えている首なし胴には目もくれず、コティングリーはふよふよと去っていく。グレンは慌ててそれを追いかけようとするが――。

「…………」

「おい、なにをしている！」

コティングリーが急《せ》かすように言うが、グレンは。

「あの、連れていけませんか？」

「……なんだと？」

「頭を捜すと言っても、ヒントが何もない状態です。もしかしたら身体のほうが、頭の位置を知っているかもしれません」

いつぞや、苦無の身体を捜した時は、ばらばらになった彼女の死肉が本体の位置を教えてくれた。

同じ原理がデュラハンにも通用するかもしれない。もっともここは冥府であり、相手は妖精にも似た存在のようなので、全て現世のようにいくかはわからないが。

「意思疎通もろくにできん身体をか？」

「まあ——はい」

意思疎通が難しかったのは、現世での妖精も同じだが——。

それを言うとどれだけコティングリーに怒られるかしれないので、グレンはあえて黙っておくが。

「……まあ、貴様がそう言うなら」

「はい、では行きましょう」

おそらく声をかけても意味がないと判断したグレンは、デュラハンの手を握った。

「——？　——？」

ひんやりとした冷たい手であった。

この蒸し暑い世界の中で、これだけ冷たいということは——デュラハン・モーリーもまた死人。魂の温度がない存在ということなのだろう。

「——？」

デュラハン（身体）は混乱しているようではあったが、抵抗はなく、割と素直にグレンに手を引かれて歩く。

（なんか……よくわからないことになったな……）

自分の意思がなさそうに見える――頭部がないから当然かもしれないが――デュラハン（身体）の手を引きながら、グレンはそんな風に思うのだった。


「まったく！　死の使いが自分の頭を落とすなど……まるで意味がわからん！　冥府のことはまこと、我らが常識の外にある！」

冥府を歩いていくグレンたちであるが。

コティングリーはぷりぷりと怒っている。

「コティングリー……さんでも、冥府のことを全て知っているわけではないのですね」

「妖精郷と近いというだけで、余の故郷でもなんでもないからな。異様な死に方をした貴様を助けるという使命なくば、本来足を踏み入れることもない」

「――ありがとうございます」

「勘違《かんちが》いするなよ。このデュラハンの所業《しょぎょう》、目論見《もくろみ》が気に入らぬし……なにより婚約したばかりのサーフェンティット女史があまりに不憫《ふびん》なだけだ。貴様が自然に死ぬのであればなんら手を貸す道理はないからな」

「そ、そうですね」

自分もいつかここに来るのだろう、とグレンは思った。

だがそれは今ではない。

とにもかくにも、今グレンが手を引いているデュラハンの頭部を捜さなければどうしようもならないことがわかったのだが。

「コティングリーさん、当てはあるんですか？」

「あるわけがないだろう！　どこで頭を落とすかなど知るか！」

「ですよね……」

グレンは、手を引いているデュラハン（身体）を見やる。

相変わらず不安そうに武器を握り、グレンに手を引かれるがままだ。自発的な意思のようなものは見られない。

そもそもこちらの問いに答えないので、頭部の位置のヒント一つ得られない。

（……でも、それにしてもあまりに、身体が硬《かた》いような……）

頭部がないことが不安で、落ち着かないのだろうか。

ひんやりとした、それでいて柔らかい手を握りながら、グレンは考える。コティングリーはぶううんと前を飛んでいくが——。

当てのないまま進んでも、頭部を見つけられるとは思えなかった。

「…………」

冥界は暑い。しかしそれは、自分が冷え切っているからだ。

相対的に暑く感じるだけで、実際のこの空間はむしろ寒いのではないか、とグレンは考えている。

「コティングリーさん、暑いですか?」

「なに? ——おい、貴様ら死者と同じにするな。ここはむしろ寒いくらいだ」

「やはり……」

「お前はまだかろうじて温度が残っているが、それが下がればいよいよ死霊と同じになるぞ。心せよ」

忠告をありがたく受け取りつつ、グレンは考える。

謎が増えてしまった。つまり——今のグレンよりもなお、デュラハン(身体)の手が冷たい理由は。

「あの……思いついたのですが」

「なんだ」

「デュラハンさんの頭部が落ちているのは、水路かもしれません」

「なんだと? ……ふむ、聞かせるがよい」

居丈高なコティングリーに、グレンは続ける。

「彼女の手が冷たいことから、もしかしたらより寒い場所にいるのではないかと」

「ふむ」

「体が強張ったり、震えているのも、考えてみれば凍《こご》えているときの身体の反応です。最初はこの身体さんが、頭を失くして怯えているのではないか、と思ったのですが——もしや頭部がどこか寒い場所にあるのでは、と」

「それで水路か——なるほどな」

コティングリーは頷いた。

だがこの話は、グレンに見えている範囲で、凍える可能性のある場所といえば水路である、というだけだ。目に見えているリンド・ヴルムは、グレンの脳がそう認識しているだけに過ぎない。

「リンド・ヴルムにおける水路とまったく同一ではないが、確かにここには水が通っている。神話において、冥界に川があり、あの世との境目となっていることは多い。理由は明白——実際に、冥界に魂を流す川があるゆえだ」

「やはり……」

「水辺を捜すのはいいが、気をつけるがいい。リンド・ヴルムの水路とは違うぞ、貴様が思っているより深い川だと思え」

「う」

警告に、グレンは顔をしかめる。

仮にデュラハンの頭部が人間のそれと同じだとしたら、比重の関係で水には浮かぶはずだ。

捜すのは容易だ、と思いたいが。

それはあくまで現世のルールであり、冥府でも同じかはわからない。

「では注意をして」

「うむ」

コティングリーが先導して、リンド・ヴルムの水路へと降りていく。

水路は路上より霧が濃い。水路の構造はリンド・ヴルムと大きく変わらないように見えたが、水はわずかに濁《にご》っており底が見えない。

冥府の川だと思うだけで、グレンはぞっとした。

「行くぞ」

グレンは覚悟を決めて、川沿いを進んでいく。


結論から言えば、彼女の頭部はすぐに見つかった。

水路が二股《ふたまた》に分岐《ぶんき》した場所――その中心に、生首《なまくび》があったのだ。修道女用のベールがうまいこと引っかかっているおかげで、流されずに済んだらしい。

「あー☆　やっと来てくれたあ、もうおねーさん、ずっと待ってたんだゾ☆」

生首が喋っている。

様々なアンデッドと接しているグレンにとって、それ自体はもはや驚くことではない。

しかし、この生首は、グレンを刺し殺した張本人である。それを感じさせないあまりにも軽い態度に、グレンは言葉を失う。

「あっ、身体も連れてきてくれたのね～。ありがとう！　お姉さん感動☆」

「ええと――」

「ああ、自己紹介がまだだったわね……引き上げてもらっていい？」

グレンがやる前に、働き者のコティングリーが、水路に入っていった。デュラハンの髪を、ヴェールごと鷲掴《わしづか》みにして引き上げる。診療所の雑事をこなしているだけあって、小柄な体躯《たいく》に対して膂力《りょりょく》がある。

ざばあ、と引き上げられた生首が、コティングリーからグレンに渡される。

「ふふふ☆　初めまして……かしら？　私はモーリー・ヴァニタス。あっ、墓場街にいる偽者《にせもの》のほうじゃないわよ、私こそが、本物のモーリーお姉さん。よろしくね、グレンくん☆」

「はあ」

ぐっしょり濡《ぬ》れた生首に挨拶され、グレンは言葉を失ってしまう。

彼女がモーリーであることは見た目からわかってはいた。しかし実際に話してみると、態度が驚くほど軽い。

「おい、貴様っ！　なーにを軽く言っておるか！　貴様がグレン医師を殺した張本人であろうが！」

「はーい、そうです、ごめんねてへぺろ☆」

「こやつ……！」

コティングリーが、ふざけた態度のモーリーに怒りを隠さない。

グレンとしては自分の仇《かたき》——になるのだろうが、あまりにも軽いその様子に、罪を追及する気も消《う》え失せる。舌《した》を出す生首に反省を求めるのも無意味に思えた。

（……いや、違うな）

そもそも反省を求めたり、罪を責めるのが間違っている気がする。

モーリーは死の使いだ。死をもたらすことになんの疑問もない。彼女の軽い態度も、それが理由なのだろう。

グレンが患者を診《み》るように、初代モーリーは死を与えるだけなのだ。

「モーリーさん」

聞くべきことは他にあると感じたグレンは、手にした生首に。

「——あなたは、墓場街の支配人だった……ですが、その後に未練を失って昇天したと聞いています。それが、何故、今では死の使いに？」

「ええ～、そんなにお姉さんのこと知りたいのぉ？」

生首だけでぐるんぐるんと動く初代モーリー。

身（？）をよじっているのだろうか。

グレンの隣のモーリー（身体）が無反応なのが、なんというかシュールではある。連動して動いたりはしないらしい。

「まあね、墓場街での未練もなくなったし、現世にバイバイしたつもりだったんだけど……なんか、冥府の女王様に気に入られちゃったのよね」

「はあ」

「それで、第三の人生……死の使い、妖精デュラハンとして転生しちゃった。ぴちぴちの配属一年目、死神モーリーお姉さんで～す☆」

えへへ、と笑う生首であった。

その顔立ちはモーリーと似ているが、何故かずっと目を閉じている。二代目モーリーのぎょろ目とは対照的である。元々、細い目の女性だったのかもしれない。

「それでえ、お仕事として早速《さっそく》、グレンくんの命を刈《か》り取っちゃった☆」

「ちゃった☆　ではないわーっ！　貴様、おい貴様、自分のしたことがわかっているのか。まだ若く将来のある医師だぞ！　余らが見たところ病《やまい》の兆候《ちょうこう》もなかった！　こんなことが許されるのか！」

「えー☆　でも突然死なんてよくあるでしょ？　グレンくんならわかるよね？」

「そういう問題ではない！　生き物の寿命《じゅみょう》は、あらかじめ決められた定めがあるはずだ！　こやつの死は本当に、あらかじめ決められていたものなのか!?　貴様の口ぶりではとてもそうは思えぬぞ！」

「うーん、妖精ちゃんにそこを突っ込まれると弱いのよねえ」

初代モーリーが唸《うな》る。

「ともかく冥府の主に会わせろ！　説明を求める！」

「女王様に会ってどうするの？」

「グレン医師を生き返らせるとすれば女王の力を借りるしかない！　この状況を仕組んだ張本人であろうが——説得して現世へと戻させる！」

「ま、そうなるよねぇ……☆」

生首のモーリーはしばらく押し黙り、グレンとコティングリーを交互に見た。

「色々と話したいことは山々なんだけど、とりあえず——体、繋げてもらってもいいかしら？」

「繋げる？」

グレンは首を傾げた。

診療所でグレンが殺された時も、デュラハンの首は小脇に抱えられていた。

「今、身体ちゃんは自立モードなのよ。しばらく離れてたから、接続が曖昧になってるのよねえ。とりあえず一度しっかり繋げておけば、また首を外しても自在に動かせるから……まあ、再接続？　みたいな？」

「は、はあ……」

意味は全くわからないが、とりあえず今のモーリーには必要な作業らしい。

生首が動いていても胴部が動いていないのは、たしかに『繫がっていない』ということなのだろう。身体が不随意《ふずいい》ではなにをするのも難しいに違いない。

「おい、ふざけるな！　グレン医師を殺しておいて事情の説明も後回しだと！」

何故かグレンよりコティングリーのほうが怒っている。

「グレン医師、その生首を持っていけ！　身体のほうがいっそ邪魔であろうが。生首だけあれば要は足りる。いずれ喋るかもしれない！」

「あーっ、そういうこと言っちゃうんだぁ。私にだってねえ、色々と事情があるのよ？　まあ、トップシークレットなんだけど～」

「よくもぬけぬけと……」

生首と妖精が睨み合う光景。グレンはどう受け止めればいいかわからない。

「別にやってくれなくてもいいけど～、中央の城の鍵《かぎ》は、私が持ってるのよ？　あなたたち、冥府の女王様に会って、現世に帰りたいんでしょ？　お姉さんにオネガイ☆しないと、そもそも会うこともできないのよ？」

「う……き、貴様……っ！」

脅迫《きょうはく》めいた言葉に、コティングリーが翅《はね》を震わせる。

「まあまあ」

ぷりぷり怒るコティングリーをなだめる。

「ここは従いませんか。実際、モーリーさんがいないと、あの城には行けないようですから」

「むう。まあ、そうだが……」

勘違いするなと言われたが――コティングリーはやはり、グレンの身を相当案じてくれているようだ。

「それに……身体の不調で困っている方は、見過ごせませんから」

「貴様はどこでも医者たらんとするのだな。もはや病的だ」

「ええ、まあ……」

呆れたようなコティングリーの言葉だった。

グレンにも自覚はある。そんなことを言っている場合ではないと思いつつ、まだ見ぬ妖精デュラハンの身体構造にも興味がある。

「これこそまさに――死んでも治らないってヤツね☆」

「殺した張本人が言うでないわーっ！」

どこまでも軽薄な生首の言葉に、さすがのグレンも苦笑せざるを得ないのだった。

「ふむ……」

棒立ちのモーリー（身体）と、手にした生首を見比べる。

ぱっと見は、ごく普通の人間の身体だ。差異があるとすれば、傷口にあたる部分から揺らめく炎のようなものが現れていることだ。

生首もまた、首と繋がる部分に、炎のようなものが確認できる。火の粉は蝶の形となって冥界を舞っていく。

「では、とりあえず……」

グレンは生首を、肉体の方にあてがってみる。

「あんッ！」

何故かモーリー（首）が生々《なまなま》しい嬌声《きょうせい》をあげた。

「んもう、ちょっと、女の子なんだから優しく扱って……ね☆」

「は、はあ、すみません」

注意をするモーリー（首）に、グレンは頭を下げる。

「あの、今首をあてがってみたんですが……なんだか、感触が妙というか、うまくハマらなかったのですが」

「あー、やっぱり離れてたから、身体のほうと接続が切れちゃってるのよねえ。身体のほうに自我が生まれかけてる。このままだと身体が完全に分離して、もう一人の私として活動を始めるわね」

「ええ、そんなことが……」

「あら、別におかしなことじゃないでしょ？　ここは冥府、私たちは形のない魂だけの存在。ちょっとトラブルが起きたり、長い時間を過ごせば……生前もっていた形なんて変わってしまうわ」

グレンは自分の頭を抱えたくなるが――モーリー（首）で手が塞《ふさ》がっていた。

どうやらここでは、肉体に縛られた現世の常識が通用しないらしい。なにもかもが曖昧で、判然としない世界。

これが冥府、死後の世界かと痛感した。

「さすがにそうなっちゃうと仕事で困るから、ちゃんと戻してね」

「とはいえ、肝心の戻す作業が、上手《うま》くいかなかったのですが……」

「大丈夫☆　キミは優秀なお医者さんなんでしょ？　元は同じ魂なのよ？　絶対、奥まで入るポイントがあるはず。色々試してみてから……お姉さんの身体、しっかりハメてちょうだいね☆」

「は、はあ」

特におかしなことは言っていないはずなのだが、初代モーリーの言葉が意味深に聞こえてしまうのは気のせいだろうか。

グレンは思い直す。

ここでは現世のルールは通用しない。魂という形のないものを治療する。そんなことは、当然クトゥリフからも教えてもらっていない。

だが、モーリーの話によれば、彼女は元は人間——その時には確かに首が繋がっていたはずなのだ。

死の使いデュラハンは、胴と頭が離れていても、それで一個の生物であるはずだ。

この冥府であっても、あるべき形に戻ろうとする力は働くのではないか——と考えた。

「では、失礼して」

「んんあっ！」

デュラハンの生首を、体に差し込む。

艶《なま》めかしい声——なぜか嬉々《きき》として声をあげているようにも思えたが、ともかく初代モーリーから声があがる。

声があがるなら、何らかの刺激を受けているということで——初代モーリーの魂に変化をもたらしている、とグレンは確信した。

「よっ……むっ……と」

「あぁっ……んぁっ……や……ああっ……」

わざとやってないか？　とグレンは思いながら。

生首を左右に少し動かしてみる。傷口から溢《あふ》れ出る炎が、その形を変えていく。この炎はこれだけ近づいても特に熱くはない。現世の発火現象とは全く違うものなのだろう。

　そういえば、魂というものは炎にたとえられることがよくあった。東では、死体から抜け出した人の魂は、揺らめく炎の球であると言われる。

「ひゃぁ……んあぁっ……あうっ、ひぃん」

　ぐりぐり、と生首を調整してみる。

　どこが正しい位置なのか、そもそもこのやり方で正しいのか、なにもわからない。全てが手探りである。

「んっ？」

「ひぃんっ！」

　やがて。

　一瞬、体が跳ねた。モーリー（生首）も一段と甲高《かんだか》い声をあげる。中途半端に上げられた彼女の手が、ぶるぶると震えている。

「あっ、んぁ……お、奥、そこぉ……っ！」

　顔を真っ赤にしたモーリーが声を出す。

　グレンは手の感覚だけを頼りに、生首を動かす。接合部の中心に、なにやら固い感触があるのを発見した。

（……これはもしかして、脊椎《せきつい》？）

　人の身体をしているのだから、脊椎が存在するのも当然ではある。

人間の最も重要な器官の一つ——脳は、脊椎によって胴体と繋がっている。ただ載《の》せるだけではモーリーが肉体と繋がらないのは、脊椎の接続が上手くいかないからではないのか。

（……なるほど）

「んんっ……やっ……あ、はぁっ、びりびりするぅ……！」

脊椎を接続すれば、おそらくモーリー（身体）の『自立モード』は解除されるのだろう。とはいえ——。

傷口が見えれば楽なのだろうが、なにしろ揺らめく炎で隠されている。グレンが頼るのは自分の指先と、今までの経験である。

「あっ、やぁっ……ひんっ……ううっ、も、もどかしいわね……っ☆　も、もうちょっとなのにぃ……そこ、おくぅ……」

あえて卑猥《ひわい》に聞こえるような言い方をしているようだ。

それが初代モーリーの性格なのだろう、と思うグレンだ。生首が生前、どういう女性だったのか、少し気になる。

「わかりました。モーリーさん、どうやら骨と、そこに通る神経が重要のようです。頸椎《けいつい》と脊椎を取り付けますね」

「そんな、機械の部品のようにいくものか？」

グレンの説明に、コティングリーが首を傾げる。

「普通は無理ですね」

目に見えない脊椎の位置を想像しながら、グレンは答える。

「骨をくっつけただけでは意味がありません。そもそも人間であれば首と胴が離れた時点で死亡しますし……ただ、ここが魂だけの世界だと言ったのはコティングリーさんです。生物学的に正確でなくても、魂が繫がったと感じれば治療となる――と思うのですが、いかがでしょう?」

「う、むう。慧眼《けいがん》であるな。その通りだ」

グレンの仮説であったが、コティングリーは頷いてくれた。彼（彼女?）にも確信がないようだったが、ひとまずグレンは試してみることにする。

「あっ、うぅん……☆　い、いれちゃうの……?　奥まで、挿入《はい》っちゃうの……?」

生首がやや騒がしい、とグレンは思った。集中しなければならない状況だというのに気が散る。

（ええと……）

グレンは白衣の裾《すそ》を持ち、一気に引き裂いた。怪我人《けがにん》の救急治療などで、白衣の裾を用いることはたまにある。

「ああんっ……早くぅ、早く『治療』して……むぐぐっ!?」

「すみません、ちょっと」

グレンはあくまで冷静に、生首の口へと布を押し込んだ。

「んんんももも――――ッ!?　んもっ！　んぐぅ――ッ！」

「ごめんなさい、頸椎の治療なので、想定外の痛みが生じることがあります。治療中に舌を噛《か》まないためにも布を噛んでいてくださいね」

「んぐぅっ!?」

グレンはあくまで治療として布を噛ませたが、彼女に黙ってほしいという気持ちがあったのもまた事実である。

とにかく布を口にしたモーリー（生首）は、まだもごもご言っている。

「では、改めまして」

「んぐっっ！」

グレンは生首を、改めてモーリー（胴体）に押しつけながら、おそらく内部に存在しているだろう脊椎を探す。

（……あった、かな）

「んんーっ、ん、んぉっ……んぐぅ……っ！」

グレンは指先の感触だけを頼りに、首の位置を調整していく。

「んんぉうっ、んっ、んんんぐっ……ッ！　あんんっ！　んぐぐっ……！」

やがて、脊椎と、頸椎がぴったりとハマる位置が見つかった。

「む」

「んっ、んんっ……っ！　んんぐぐっ〜〜っ！」

モーリー（生首）がひときわ甲高い声をあげる。

嚙んだ布から唾液《だえき》が染《し》みだしており、それがモーリー（生首）の顎《あご》を伝っていく。

「ここですね」

探り当てたその接合部に、グレンは生首を強く押しつけた。

「んんんっ、んぐうぅっ！　んんんんん〜〜〜〜〜ッ！」

まるで最初からその姿が自然であったかのように、首と胴体がかっちりとハマる。モーリー（頭部）が天を仰《あお》いで震えだす。

「んんんっっ、ぐぐっ……ぐぉ、んんぉ〜っ……っ！」

びくびく震える身体と頭部。

もう完全に、頭と胴が一体化しているようだ。ひとしきりびくびくと震えていたが、やがてそれが収まっていく。

「……ふう」

髪をかき上げて耳を見せながら、唾液まみれの布を口から手に吐き出した。

「ありがと、グレンくん☆　おねーさん、助かっちゃった……これ要《い》る？」

「い、いえ、捨ててください」

「だよねー」

唾液まみれの布を、ぽーいとその辺に捨てる初代モーリー。

「では改めまして──デュラハンのモーリー・ヴァニタス。キミをぶっ殺しちゃった死の使いのおねーさんです☆」

「──はい、知っています」

「治療してくれてありがと☆　お礼にイイコト……する？」

糸目をほんの少しだけ開いて、モーリーが挨拶をする。

「婚約者がいるのでしません、鍵をください」

「もう！　かたぁーい！」

グレンは気づいた。

その細い目が、軽薄な態度とは対照的に、まったく笑っていないことに。

決して油断ならない相手だと、多くの患者を診てきたグレンの勘《かん》が告げているのであった。

「はい、じゃあご新規二名様、ご案内でぇす☆」

初代モーリーは、せっかく繋げた首をまた外してしまった。

しかし今度は、身体はモーリーの意思に正確に沿っているようで、首を小脇に抱える。出会った時にあった震えや怯えはもはや全然ない。

「おい、本当に冥府の女王に会えるのだろうな」

「ふふ、おねーさんは今や女王直属のデュラハンよ☆　ちゃあんと会わせてあげますってぇ、心配いらないのよ？」

「貴様は信用ならん！」

コティングリーと、初代モーリーはどうにも相性が良くないようだった。

「でも──『彼女』のご機嫌を損《そこ》ねないようにしてね？　なにしろ冥府の女王なんて、『死』という概念そのもの。とても気難しくて、理不尽で、その権力を容赦《ようしゃ》なく振るう女王様だから……ねえ？」

「ぬう」

妖精の顔が険しくなる。

その表情だけでわかる。それだけ冥府の女王というのは厄介《やっかい》な相手なのだ。理由はどうあれ、一度死んでしまったグレンを現世に戻すという嘆願を聞き入れてくれるだろうか。

「……モーリーさん」

「なあに」

「僕を殺した理由をまだ聞いていません。教えてはいただけませんか」

「……何故聞くの？　命の終わりは、あらゆる生物にとって、あらかじめ決まっているものでしょう？」

「そうだとすれば、先ほどコティングリーさんが問うた時も、そう答えたはずです。女王へ嘆願する僕らのために案内してくれるはずもない」

「あらあら☆」

バレちゃった、とばかりに初代モーリーは舌を出した。

「そうよねえ、いつまでもはぐらかしておくわけにもいかないし……」

「頭部と身体を繋ぐことができれば、教えていただける――そんな口ぶりにも思えましたが」

「ふふっ☆　忘れてなかったのね。そういうところ、スカディちゃんと話している時を思い出すわあ――じゃあ教えてあげる」

モーリー（初代）は、細目をわずかに開いて。

「あれはね、テストしてたの」

「テスト……？」

「君の医者としての腕前を見せてもらいたかったのよ☆　キミを冥府に連れてきた理由は二つあるわ。まずね、キミのことを、冥府の女王様がとっても嫌っていて――すぐさま連れてこいという命令があったから」

グレンは呻《うめ》く。コティングリーが天を仰いだ。

冥府の女王――つまり死の神の命令。

嘆願を聞き入れてもらえる望みが薄くなった、と言われたようなものだ。

「そして理由はもう一つ」

糸目のモーリーは、グレンをまっすぐ見つめて。

「冥府の女王様は病気なの」

「っ」

「キミは現代において、希代《きたい》のお医者様。私の診察をしてもらって、それがよくわかったわ。だから――ここからは私自身の気持ち☆だけど……私は、キミに、冥府の女王の病気を治してほしいの」

グレンは絶句した。

神に喩《たと》えられる竜の治療をしたことはある。『巨神』とあだ名されるギガスの治療をしたこともある。

だが――本当の神、など。

現世とルールの違う世界の神が、病気になるものだろうか。

ましてその病は、一介の街医者に治療などできるものなのか。

「キミが医療にかける情熱はよく知ってる――その熱い思いを、どうか女神さまにもぶちまけてあげてね、お医者様☆」

初代モーリーは。

どこまでも軽薄な言葉で、グレンに笑いかけるのであった。

症例2　未亡人のラミア

「……………」

サーフェンティット・ネイクスは、悲痛な面持《おもも》ちで中央病院にいた。もう長い間、ずっと待合室にいる。

診療所で倒れたグレンを見つけたのは、結婚式の準備から帰ってきたサーフェであった。すぐさま中央病院に運び、クトゥリフに預けたのである。

処置を手伝うというサーフェの申し出を、クトゥリフは断った。『あなたは気が動転している』と言われ、返す言葉もなかった。

手が震えていたからだ。

「…………ッ」

今もまた、気づけば震えている手を、サーフェは固く握ることで抑えつけた。

「大丈夫や」

アラーニャがサーフェに寄り添って、その肩をそっと抱いた。

「ちょこぉっと頼りないところもありますけれど……センセ、意外と気が強くてしぶといお人ですやろ？　だから心配あらしまへん」

「その通りですわ！」

ティサリアも堂々と胸を張っている。

「病院から連絡を受けた時はさすがに焦《あせ》りましたけれども……わたくしたちのお医者様ですもの！　優しいかと思えば気が強くて、巨神様にも毒水《どくみず》事件にも恐れず向かっていくお方！　だから――だから……きっと……！」

ティサリアの言葉が、どんどん小さくなっていく。

耳がへにょりと曲がっていく様《さま》が、彼女の気持ちを如実《にょじつ》に示していた。

「ああもう、お嬢も泣きなさんな。どっちを慰《なぐさ》めていいかわからんわ」

「だって――でも――あ、あなたは不安ではありませんの!?」

「そら不安やけど、大丈夫やろ」

アラーニャは、しれっとした表情で。

「こうまで待たされとるんやから……いま、クトゥリフ先生が頑張ってる、センセもちゃんと生きとるということやろ？　考えたくはないんやけど――もしものことがあったなら、こうして待たされる理由もないわけやから……な？」

「そ、それは――そう、ですけれど……」

サーフェは気づいている。アラーニャの化粧が甘いことに。

ティサリアを励《はげ》ましていたとしても、彼女も平静ではいられないのだ。

それでも、気丈《きじょう》に振る舞い、サーフェやティサリアを気にかけてしまうアラーニャは、本当に損《そん》な性分《しょうぶん》だと思う。

だが。

サーフェにはわかっていた。

(急性心不全……私が見た時にはもう、脈も呼吸もなかった……)

震える手を必死で抑えつける。

(救急対応するという段階ですらない……もうグレンは死んでいた——)

アカデミーの頃、グレンは一度だけ、取り返しのつかない大怪我《けが》を負ったことがある。

あまりの重傷に対して、非常に特殊な治療をおこなったことにより、グレン自身でさえそのことは覚えていない。だが、あの時でさえ、呼吸はかろうじてあったのだ。

(私が見てもはっきりとわかった。今度こそ、グレンはもう——)

助からない。

医学を学んだからこそ理解できてしまうその事実を、サーフェは口に出せなかった。ティサリアとアラーニャが、共にグレンの無事を信じている状況では。

本当ならサーフェはすでに泣き叫びたい。

ただ声をあげて、悲しみに暮れたい。

それができないのは——アラーニャの言う通り。サーフェたちが何故《なぜ》か、待たされ続けているからだ。

（クトゥリフ様はなにをしているの？　死亡診断を下すだけなら、こんなに時間がかかるのはおかしい——）

陽《ひ》が落ちるまで待たされ、サーフェは未《いま》だ希望を捨てることができないでいる。怠惰《たいだ》そうに見えながら、様々な方面から魔術を研究しているクトゥリフであれば、あるいは——。

「待たせたわね」

「っ！」

待合室に、クトゥリフがやってきた。その顔には疲労の色が見える。

「クトゥリフ様、お医者様は」

「センセは無事なんやろうね」

「——」

クトゥリフは答えない。回答の代わりとばかりに、ちらりと後ろを見る。そこには、バスタブ型の移動式ベッドがあった。

バスタブに満たされているのは緑色の粘液《ねんえき》——スライムだ。色からしておそらく、病院の看護師ライムだろう。

液状化した彼女に守られるように、グレンの身体《からだ》はバスタブに浮いている。

「あの、クトゥリフ様……？」

「三人とも、覚悟して聞きなさい」

クトゥリフの表情は険しい。

息を呑《の》む三人に、クトゥリフは冷然と告げる。

「運ばれてきたグレンは――病院に着いた時にはもう、呼吸も脈拍《みゃくはく》もなかった。原因不明の心不全で、心臓も止まっていた。医学的には、もう完全に死んでいるわ」

「～～～～～ッ！」

ティサリアが声にならない嗚咽《おえつ》と共に、顔を覆《おお》った。

アラーニャはうつむいて唇《くちびる》を噛《か》みしめている。

サーフェは。

（ああ）

いつか、こんな日が来る予感がしていた。

グレンはいつだって一生懸命で、自分の夢に邁進《まいしん》していく医者だった。サーフェが迷って悩んでいても、どんどん先へ進んでしまう。年下だというのに、サーフェは理想の医療を目指すグレンを追いかけるので精いっぱいだ。

彼が立派《りっぱ》な医者になりたいと言っていたのは、サーフェのためなのもわかっている。

けれどいつしかサーフェを置いて、自分の手の届かないところに行ってしまう――そんな予感はずっとあった。

（結婚すれば、足並みをそろえて、生きていけると思ったのに）

そうではなかった。

こんな形で、グレンが先に行ってしまうとは――。

（なんで私たちって、いつも並んで進めないのかしらね、グレン）

すすり泣くティサリアの声を聞きながら、サーフェは。

意外にも悲しんでいない自分に驚いていた。

いや、きっと、まだ心の空洞《くうどう》を受け入れていないのだろう。グレンがいない世界のことを想像できなくて――。

この空虚《くうきょ》を、受け入れられぬまま生きていくのかもしれない。

「――待ってください」

などと、賢《さか》しらに悟ったようなことを考えた瞬間だった。

クトゥリフの妙な言い回しに気づく。

「医学的にと言いましたか……？　他の観点からでは、死んでいないと？」

クトゥリフは目を伏せた。

クトゥリフは近代医学の権威《けんい》、生死を判定するにあたって、彼女の中に『医学的』以外の観点など存在するのだろうか。

「――それについては、私ではなくて……」

「来たよ」

ぬっと、通路の奥から姿を現す影があった。

小柄な姿と、それに似合わぬ天を衝《つ》く角《つの》。傍《かたわ》らにはいつもの護衛《ごえい》の姿もある。サーフェは絶句した。

「竜闘女様《りゅうとうじょ》……」

「サーフェ、お疲れ様。急なことで、驚いたでしょうね」

「それは……いえ、そんなことより。どうしてここに？」

「クトゥリフに話を通しておいてよかった。グレン医師の身に、なにかあるかも、とは伝えていた。それがまさか、こんな形になるなんて思わなかったけれど」

まるで、この事態を予測していたかのようだ。

婚約者たちは呆然《ぼうぜん》と、議会代表を見つめている。スカディはちらりと、護衛たる苦無《くない》・ゼナウを見た。

「じゃあ苦無。よろしくね」

「は」

苦無が、バスタブに手を付ける。

「あんッ！」

身体に手を入れられて、ライムがわずかに声をあげた。しかし苦無は構わず、バスタブのベッドで片膝《かたひざ》をついた。その筋骨隆々《きんこつりゅうりゅう》の腕で、横たわったグレンに触れる。

「――――」

目を閉じ、瞑想《めいそう》しているかのような苦無だが。

やがて目を開けた。

「やはり相違ありません。竜闘女様」

「うん」

「あの――皆様、先ほどからなんなんですの？　なにが起きているんですの？」

目をはらしたティサリアが問う。泣いていたにもかかわらずその態度は毅然《きぜん》としていた。

だが、問われた苦無もまた、それに動じるような戦士ではなかった。真っ向から彼女の瞳《ひとみ》を見返して。

「このグレン医師の遺体には、魂《たましい》が残っていない」

「はい？」

「一切、なにも、『声』が聞こえない。この身体からは綺麗《きれい》さっぱり、魂が消えてなくなっている」

ティサリアとアラーニャが、顔を見合わせる。それが何を意味するのかとらえきれていなかった。

「…………それはつまり、死んでいるということなのでは？」

皆が思っただろう疑問をサーフェがぶつける。

ふるふると首を振ったのはスカディだった。

「死んでも、その肉体に『魂』は残る。苦無がその証拠。彼女はその『魂』の声が聞こえる。肉体が死んで残った未練、『魂』があるからこそ、アンデッドたちはこの世に存在しているの」

「逆に言えば、少しの未練もなく魂が消え去ることはあり得ない。グレン医師は確かに死んだが、その死に方は、あまりに『綺麗』すぎる。この現象には、異様ななにかが関《かか》わっているはずだ」

主《あるじ》の言葉を苦無が引き継いだ。

婚約者たちは一様《いちよう》に沈黙する。

愛した男に突然死なれ、その死を受け入れられぬ間に、『彼は異様な死に方をしたからなにかおかしい』と言われても、顔を見合わせることしかできない。

苦無は気にせずに続ける。

「魂だけがゴーストのようにどこかを彷徨《さまよ》っているはずだ。『魂』とは生前の記憶、生き方をすべて凝集《ぎょうしゅう》したもの。普通はバラバラになり、残滓《ざんし》が身体に残り、抜け出したゴーストも曖昧《あいまい》な自我を持つ不完全な存在となるが——グレン医師の場合は、はっきりした意識を持ち、自我も残っている可能性が高い」

　苦無は、リンド・ヴルムにおいても相当死に近い存在だ。

　彼女が語るなら事実なのだろう。

「だから――この事態を解決し、魂を取り戻すことができれば、グレン医師はよみがえる」

　荒唐《こうとう》無稽《むけい》で、雲を摑《つか》むような話だった。

「一応、言っておくわね」

　クトゥリフが呆《あき》れたように言う。

「医学的なアプローチでは『魂』の存在は証明できない。もちろん、墓場街にアンデッドがいることからして、そこになんらかの理屈があることは事実でしょう。だから『魂』の実在を認めたとしても――それを取り戻す方法なんて本当にあるのか？　そういう議論をずっとしていたの」

「なかなか納得してくれなくて、困る――」

「納得するわけないでしょう。死者は戻らないのよ」

「神話時代にはたまぁーにあったけど……」

「そんな話持ち出されてもね……」

　クトゥリフも呆れているようだった。

「とにかく魂があってもなくても、グレンの身体は死んでいる。このままでは腐敗が始まってしまうわ。だからライムで保護してるんだけど。魂が戻らなければ、どちらにせよこのままなのでしょう？」

「それは——そうだが」

「魂とやらを取り戻す方法があるなら教えてもらいたいわね」

苦無は押し黙った。

彼女が嘘《うそ》を言っているわけではないのだろう。だが、結局、最大の問題はその魂を取り返す方法である。

そこで、スカディがにゅっと手を挙げた。

「グレンの身になにか起きると警告したのは、初代モーリーだ」

「初代——というと、消えたはずでは」

「そうだ、未練を断ち切り冥界《めいかい》に行った初代モーリーが、収穫祭に戻ってきて、わざわざ警告した。具体的な内容は言わなかったが——私は、この事態こそが、モーリーの警告した事象だと思っている」

スカディは迷いない瞳でサーフェを見つめる。

もちろんこの場にいる誰もが、その初代モーリーがグレンの魂を冥界へ連れていったなどということは知る由《よし》もない。

「私も、色々調べた。冥府《めいふ》の魂を取り戻す方法を。でもまだ、決定的なものは見つかっていないの」

「スカディもこの調子。グレンが戻ってくると信じて疑わない。ずっと議論してたけど——あの初代モーリーが、わざわざ警告したのだもの。私も軽く考えてはいない」

クトゥリフはちら、とサーフェを見た。

「ただ、私の立場からは、グレンは死んでいると言わざるを得ないわ。だから、貴女《あなた》たちの意見を聞かせてほしい」

「私たち……ですか」

「遺族が——婚約していた貴女たちが強く望むなら、遺体はもう少し保管しておいてあげられる。この状態を惨《むご》いと思うならば、埋葬の準備もできる。どちらを選んでも……私は病院長として、その選択を最大限尊重するわ」

スカディの言葉は雲を摑むような、確証のない話だ。

だが一方で、スカディはグレンがよみがえることを信じている。それは魂の声を聞けるという苦無、そして警告をくれた初代モーリーへの信頼があるからなのだろう。

サーフェは目を閉じる。

今の自分はなにを信じるべきなのか。

師であるクトゥリフは、もう死んでしまったグレンをいたずらに遺《のこ》しておくべきではないと考えている。確証もなく、遺体を放置するのは倫理《りんり》的に認められない。

だが。

「可能性は、あるんですね、スカディ様？」

「ある――少なくとも私は信じたい」

「わかりました」

サーフェは頷《うなず》いた。

「私も、スカディ様を信じます。グレンの『魂』は必ず戻ってくる。少なくともグレンであれば、可能性のある限り、患者の回復を信じるはずです。それがどんな可能性であろうとも」

「そうか――そうだな。ありがとう」

スカディがわずかに微笑《ほほえ》んだ。

ティサリアもアラーニャも同じ気持ちだったようで、異論は上がらなかった。

「仕方ないわね」

クトゥリフがため息をつく。

だが、彼女の口元もまた笑っていることに、サーフェは気づいた。長い付き合いだ。クトゥリフとて愛弟子《まなでし》グレンが死んで、簡単に諦《あきら》められるような性格ではない。確証もないまま、復活を信じることを良しとしないだけだ。

確証がないなら。

その証《あかし》さえ、自分たちの行動で作ってしまえばいいだけだ。

「では話は早い。グレン医師の『魂』を取り戻すために、皆にも協力を仰《あお》ぎたい」

「妾《わらわ》たちにできることなら……でも、魂を取り戻す方法なんてありますのん？」

「それはわからない。だが、事情を知るものならいる」

スカディは確信があるかのように。

「墓場街の支配人、二代目モーリーの姿がない。このタイミングで、責任感のある彼女が姿を消すことは考えられない。明らかに、グレンの死に関してなにかを知っている」

「モーリーさんが……」

初代モーリーがグレンについて警告し。

二代目は姿を消した。

確かに疑わしい。スカディさえも把握《はあく》できないまま、この街でなにかが起きているのは明らかなようだった。

「特にティサリアの足を使って、街をくまなく捜したい。どこかに隠れているのだとしたら、サーフェの視覚も使える。協力してくれる？」

「え、ええ」「もちろんですわ！」

即座に頷く二人。

「ほな、妾はグレン先生のお世話をいたします。腐らせたらアカンのやろ？　涼しい部屋で清潔にしておけばええんやろか？」

「ぷはっ！　助かりマス！　私がずっとグレンくんを包んでるわけにもいかないのデ……！　この状態ではなにも食べれないし……！」

アラーニャが言うと、液状化した身体から顔だけ出してライムが答えた。

ライムもまた心配そうに、自分の体内にいるグレンを見つめている。

「頼もしいことだ――グレン医師、帰りを待っているものがこんなにいるぞ」

スカディが、感慨《かんがい》深そうにグレンの死体を見た。

「早く戻って来い」

グレンの死体は無論、答えない。

魂がどこにいるのか、サーフェにはわからない。だが、彼女は自分の心が燃え立つのを感じていた。

（グレン、私たちは――結ばれたと思っても、すぐ離れてしまうのよね）

リトバイト家で人質として過ごし、そして離れた。

アカデミーで再会したが、事故により、グレンは楽しかった研究室の記憶の大半《たいはん》を喪失《そうしつ》した。

リンド・ヴルムでの毒水《どくみず》事件で、サーフェは一時、グレンのもとを去った。

グレンとサーフェの時間は、そんなことの繰り返しだ。いよいよ結婚できると思っても、また離れてしまう。

ならば。

（いいわよ、それなら――どこまでも追いかけるわ）

悲しみが、燃えるような怒りと情熱に変わる。

今度こそ逃がさない。グレンの魂を取り戻したら、長い蛇《へび》の下半身で巻きついて、絶対に離すものか。

サーフェは、強い決意を噛みしめるのだった。


グレンが死んだという噂《うわさ》は、一瞬で街を駆け巡《めぐ》った。

一方、葬儀《そうぎ》屋が一向に動きを見せないことから、グレンが死んだというのは誤報であり、働きすぎて倒れただけ、という反論もあった。

噂好きのリンド・ヴルムで尾ひれがつくのは一瞬である。

「先生……」

中央広場の噴水《ふんすい》で、今にも泣きそうな顔で落ち込んでいたのはルララであった。

夜に歌った歌も、いつものような伸びやかさに欠けていた。聴衆もそれをわかってはいたが、責めるものはない。

広場の歌姫が、診療所の若医者に恋慕《れんぼ》していることは有名な話だった。

「だ、大丈夫よぉ、そんな落ち込まないで――グレン先生、きっと無事だからぁ」

「うん――」

リンド・ヴルムでの死者は、病院の診断が下されたのちに、葬儀が執《と》り行われる。議会の広報でもすぐに告知が為《な》される。参列者が多いと予想される葬儀では、墓場街支配人の立ち合いのもと、葬儀も大規模なものとなる。

その告知がないのだから、グレンが死んだはずはない。

だが一方で、よほどのことがなければ年中無休のはずの診療所が、閉まったまま。グレンもサーフェも姿を見せない。

ルララはらしくもなく落ち込んでいる。

「ボクさ」

噴水の縁《へり》に腕をつきながら、ルララはぼんやりと。

「グレン先生のお嫁さんになるんだって思ってても——やっぱり心のどこかで、ダメかも、なんて思ってたんだ。サーフェお姉さんが励ましてくれて、先生やお姉さんとなら、きっと上手《うま》くいく……って思ってたんだけど」

「————」

「でもやっぱり、こういうことになるんだ。ボク、普段は隠してるけど……本当は、本当にツイてない女の子なんだ」

うつろな瞳で、ぼんやりとそんなことを言うルララ。

そこに、街の象徴たる歌姫の姿はなかった。どこまでも快活だった笑顔は失われている。

「だから――もしグレン先生が死んだら、それはきっと、ボクのせいで……」

「………わよ」

「え？」

うつろな言葉を繰り返すルララは。

気づいていなかった。ひとりごとのように語りかけていたメメが、その大きな手をわなわなと震わせていることに。

「好き勝手ばっか、言ってんじゃないわよ……！」

「――メメちゃん？」

「アンタ、なんて言った？　竜闘女様の手術の時、なにしてた？　毎晩毎晩、竜闘女様のために歌ってたのはなんだったのよ！　私をムリヤリ連れ出して、歌を聴かせたマーメイドはどこのどいつよ！」

「それは――ボク、だけど」

人目を気にするメメが、今はそんなことも気にせず、声を荒らげている。

泣きながらその大きな瞳に、ルララの姿を映し出している。

「みんなボクの歌を聴くんだ――って自信満々のアンタはどこに行ったのよ!?　ねえルララ、私もね、引っ込み思案だけど、怖がりだけど……アンタみたいな子がこの街にいるんだから、ちょっとだけ、ちょっとだけ前を向こうって思えるようになったのよ」

「でも、ボクは本当は──」

「そんなの知らないわよぉ！」

メメがその大きな手で、ルララの肩を掴んだ。力自慢のサイクロプスであっても、他者を気《き》遣《づか》えるのがメメの良いところである。

「私を励ましたなら、最後まで責任もちなさいよぉ！　ちゃんと気をしっかり持って──私なんか比較にならないくらい、キラキラしてなきゃダメでしょぉぉおおぉっ!?」

「────」

ルララは。

しばらく呆然としていたが、やがて──。

「はぶぷっ──」

「っ!?」

ぼちゃん、と噴水の水に顔をつけた。しばらくそのまま沈んでいたが──やがてばしゃんと顔を出す。

ぶるぶる、と濡《ぬ》れた顔を震わせ、水を振り飛ばす。

「うん、わかった」

水から上がったルララの顔は、もう吹っ切れたように力強いものだった。

「メメちゃんの言う通りだ。ボクはいつだってキラキラしてなきゃ。でないと──グレン先生のお嫁さんに、相応《ふさわ》しくないから」

　こくこく、と半泣きのメメが頷く。

「お──────いっ、みんなぁ──────予定にはないけど、今夜はまだまだ歌うことにしたよっ！　暇《ひま》な人は聴いていってね！」

　おお、と広場の聴衆から声があがる。

　酒場で演奏していた楽団たちが、丁度《ちょうど》いいとばかりに噴水に集まる。

「なんだか色々大変みたいなんだけど、ボクの歌は全部吹き飛ばしちゃうから！　いい？　いっくよぉーー！」

　拍手《はくしゅ》と共に、ルララの歌が始まる。音楽に乗せて、古代語の歌が響く。

　メメは満足そうにしながら──ルララのすぐそば、特等席でその歌声を聴いていた。

（こんな時にどこでなにをしてるのよ、グレン先生──）

　その単眼《たんがん》に、グレンへの怒りをにじませながら。


　ところ変わってハーピーの里。

「〜〜〜〜………」

　うとうとと微睡《まどろ》んでいた巨神ディオネは、目を開けた。

「うう……ん？」

長い髪に隠れた彼女の目に入ったのは、慌《あわ》ただしい里の様子。ハーピーの若衆たちがリンド・ヴルムに向けて飛び立っている。

「――なにか、ありましたかぁ～～……？」

すぐ傍《そば》に侍《はべ》っているハーピーに、ディオネが聞いた。

「あ、巨神様――」

「よければ～手伝いましょうかぁ～？」

「いえ、その、大丈夫かと。議会から人探しの要望があったそうで」

「人探しぃ……」

ディオネは内心で苦笑した。

山頂から下りてくるだけで、山を騒がせてしまうディオネだ。人探しには向かない。手伝いようがなかった。

「誰を捜しているんですかぁ～？」

「私も詳《くわ》しくはわからないのですが、墓場街の支配人が行方《ゆくえ》知れずだそうです。顔を知っているハーピーたちは空から捜すそうで」

「ほほ～～……？」

お付きのハーピーは、深刻な顔で。

「――先日、グレン医師が倒れたことと、なにか関係があるのでしょうか？」

「ふむ……?」

ディオネは何も知らない。

ただ、グレンが倒れ、深刻な状態で病院に運ばれたことは知っていた。死んだのではないかと言うものもある。

(知っている人が倒れるのは、もちろん初めてではないですがぁ～)

かつて、ばたばたと倒れていく同族たちを全《すべ》て見送ったディオネだ。

まして、ギガスではない生物の寿命《じゅみょう》は、ディオネにしてみれば一瞬にさえ思える。世話になったグレンやイリィ。今こうして話しているハーピーの少女さえ、ディオネの主観では、ほんのわずかの寿命しか持たない。

長く命があるのは、ドラゴンや、スキュラ。あるいはアンデッドだけ。

(モーリーちゃん)

姿を隠したのは二代目だが。

ディオネは、かつて何度か話した、初代のスケルトンを思う。

(もし『そっち』にいるなら、助けてあげてくださいねぇ～)

ディオネはなにも知ることはないが、それでも長生きならではの知識と勘《かん》で、グレンが窮地《きゅうち》にあることを察した。

それをなんとかする鍵《かぎ》は、初代モーリーにあることも。今は昇天してしまったが、ということは『あちら』にいるはずだ。

グレンが危険な状態にあるなら、手を貸してほしい。動けなくてなにもできないディオネだからこそ、助けてあげてほしい、と思った。

（それともぉお〜私の同族が、助けてくれるでしょうかぁぁ〜？）

ディオネを遺《のこ》し滅んだギガス族も、冥界にいるのだろうか。

仮にいたとしても、みんな自分と同じでマイペースだから、そう上手くはいかないかも。などと思うディオネだった。

それならばいっそのこと。

ここを動けない自分が、代わりに。

「……私が代わりに逝《い》けたらぁぁ〜」

「えっ？」

「ああ、いえぇ〜、なんでもありませんよ〜」

うっかり口にしてしまった言葉を、慌《あわ》てて呑《の》み込むディオネだった。

命に代わりはない。

自分が死んだところで、誰かの代用になることはない。リンド・ヴルムで起きている異変に対して、ディオネができるのは、ただ無事に解決するよう祈ることだけだ。

（だから）

だから目を閉じる。

微睡みの中で、ただ祈るディオネ。

（きっと――なんとかなりますように）

ディオネは神ではないけれど。

動かぬままに、ただ祈りを捧《ささ》げる女性の姿は、神に喩《たと》えられるのも無理もない風格があるのだった。


リンド・ヴルムで噂が回るのは早い。

数日の間、スカディの指揮のもと、モーリーの捜索が行われた。正式な命を受けた警邏《けいら》隊もいれば、自主的に捜す住民の姿もある。

夏が近づくリンド・ヴルムで、汗《あせ》だくになりながらモーリーを捜す者たちの姿が見受けられた。

だが、モーリーはどこにもいない。

「これだけ捜して――」

中央広場で、ハチミツを混ぜた水を飲みながら、ケイが呻《うめ》いた。

「どこにもいないなんて、そんなことはあるのかしら」

「お嬢様は街道にまで捜索に行ったけれど――」

塩分補給の塩飴《しおあめ》を口に放り込みながら、ローナも目を細めた。

「お嬢様の足ならば、街道だって走り抜けられる。でも、本当にそんな遠くにまで行ってしまったのかしら？　誰にも気づかれないうちに？」

「墓場街の聞き込みもしているのでしょう？　なのに――」

ケイとローナは、揃《そろ》って首を傾《かし》げた。

リンド・ヴルム中が、グレンのためにモーリーを捜している。だが、何故、モーリーを捜しているのか。グレンとどのように関わっているのか。

それを知っているものは少ない。スカディ、クトゥリフ、苦無、ライム、そしてグレンの婚約者たちくらいである。ケイとローナは、ティサリアからあらかたの情報を受け取っているが、それでも謎は多い。

何故モーリーは姿を消したのか。

モーリーの失踪《しっそう》と、グレンにどんな関わりがあるのか。

スカディはその辺《あた》りの情報を巧妙に伏せたまま、行方をくらましたモーリーの捜索を命じている。

いつの間にやら街では、『モーリーを捜し出せばグレンが復活する』『モーリーがグレンを愛しすぎたために、魂を刈《か》り取って逃亡した』などと無責任な噂まで流れる始末《しまつ》であった。

――初代モーリーが、グレンの魂を冥府に送り込んだ事実を考えれば、その噂もあながち間違いというわけでもないのだが、もちろんリンド・ヴルムの住民がそんなことを知る由《よし》もない。

「まさかこんなことになるなんて」

「ね」

ケイとローナの顔も浮かない。

それはそうだ。やっと彼女たちの主が、想い人と結婚できる。それを主と同じか、それ以上に喜んでいたのが、この侍女《じじょ》たちである。

グレンはいずれ医者として大成する。

ティサリアは商会の指揮を執る。どちらもリンド・ヴルムに欠かせない人材となり、足並みをそろえてこの街を導いていくはずだった。

これから始まる主の道が、まさかこんな形でいきなり消えてしまうとは思わなかった。

「――お嬢様、大丈夫かしら」

ローナがふと、深刻な顔で呟《つぶや》いた。

「思いつめて、まさか後を追って……なんてことは」

「いやいや待って待って。まだグレン先生は死んでないから」

ネガティブなローナの言葉に、ケイがすぐに手を振る。

「でも、万が一のことがあるでしょう？」

「それは――」

ローナの言葉に、さしものケイも沈黙した。

噂レベルであれば、どのような内容も流言《りゅうげん》として飛び交《か》う。モーリーを見つければグレンが復活するというのも、真面目《まじめ》に言えば一笑に付されるようなことだ。

死者は戻らない。

「それでも、お嬢様、覇気《はき》は消えてないように見えたわ」

「──そうね、なぜかしら」

彼女たちの主は真面目で、頑張り屋で、プライドが高いが努力家だ。

その一方で、打たれ弱く、変なところで弱気で、そして惚《ほ》れた男には一途《いちず》である。

愛した男性の窮地にあって、かつてのティサリアであれば取り乱してもおかしくはなかったが──。

「きっと、一緒に前を向ける方がいるからなのよ」

「──サーフェさん？　それともアラーニャさん？」

「きっと、どちらもね」

「そうね」

ふふふ、と二人は笑い合う。

同じように前を向ける相方《あいかた》がいることが、どれだけ心強いか。ケイもローナもわかっている。

なにしろ目の前に、よく似た姿の相棒《あいぼう》がいるのだから。

主と従者である以上、自分たちは姉妹のように育っても、ティサリアと同じ立場に立つことはできなかった。これからも無理だろう——だが、同じ婚約者で、恋のライバルである彼女たちならば。

ティサリアにとって、どれだけ支えになるか知れない。

「ならば、我々は、我々のやるべきことを」

「そうね」

真剣な顔に戻り、リンド・ヴルム中をケンタウロスの足で捜す二人。

今まさに窮地のグレンには申し訳ないが——ティサリアが、得難い友人を得ている。その事実が、二人の従者の顔を、わずかにほころばせる。

あとは主の命に従い、働くだけだ。

ケイとローナは、ティサリアのためならばどんな労苦も厭《いと》わない。

蹄《ひづめ》の音を鳴らして、二人はモーリーを捜すため、また駆け出すのだった。

「————」

東の都。

人間領主都、ヘィアンにおいて。

妹を含めた、リンド・ヴルムからの大使三名を迎える用意をしていたソーエンが、なんとも言えない顔で歯を食いしばった。

彼の手には、リンド・ヴルムに潜入させている部下からの密書があった。姑獲鳥《はーぴー》を介《かい》した速達であり、西の情報が最速で手に入る。

「ソーエン様？　どうかなさいましたか？」

傍にいたサキが首を傾げた。

人間領の制度が変わり、もはや角を隠す必要もない。名実ともにソーエンの妻となった彼女は、夫の異変にすばやく気づく。

「グレンが――」

「弟君？」

「グレンが倒れ、病院に運ばれたと。助からぬ病状やも――とある」

震える唇に、ソーエン自身が驚いていた。

自他ともに認める商人であり、為政者。自《みずか》らの野心のためには、使えるものは肉親でも弟妹でも遠慮なく使う。

人魔の交流を深めるため、妹を大使として任命したのもほかならぬソーエンである。今後も彼は遠慮なく、使えるものは使っていく。

全てはサキとの平穏《へいおん》な生活のため。鬼への偏見《へんけん》は未だ根強い。彼女を非難する声は全て排さねばならない。

そんなソーエンが——弟が倒れたくらいで、動揺することなどあってはならない。そう思っていたのだが——顔が蒼白《そうはく》になるのを抑えられない。

「バカな。数日後にはスィウが来るのだぞ。妹に——父上母上にも——このような、どう説明しろ、と」

「落ち着きなさいませ」

手紙を持つソーエンの手を、サキが握った。

遠慮がない。鬼の力で握られ、痛みが骨まで届く。しかしその痛みで、逆にソーエンの思考は明瞭となった。

「まずは事態の確認を。リンドの諜報員《ちょうほういん》に、詳細《しょうさい》を知らせるよう返事を」

「あ、ああ……」

「妹君への対応はお任せください。ソーエン様は——その蒼《あお》い顔を正してから、妹君にお会いくださいませ。他人ならばともかく、肉親なら動揺は知れますよ」

サキが鉄のような理性で語る。

（ああ——そうだったな）

ソーエンは思い出す。

公爵の秘書になったばかりの時分。農地に適さぬ、嫌がらせの領地を与えられたとき——人の住まぬその島に、不法に魔族だけの村を作り、指導役となっていたのが、鬼のサキであった。

理屈はなかった。一目惚《ひとめぼ》れである。

魔族《ふんとう》が生きていくには不利すぎる東の地で、それでもなんとか自分たちの居場所を作ろうと奮闘していたサキ。強すぎる女。

その姿を魅力的だと思った。その直感を信じて今日まで来た。

（そうだな――）

この伴侶《はんりょ》の前で、情けない姿は見せられない。

いや、もう、何度か見られてしまった気もするが――それはそれである。

ソーエンは動揺を抑えて、自分の顔を撫《な》でた。すると、冷徹で人の心もなさそうな、商人としてのソーエンが現れる。

「もう大丈夫だ。大使の出迎えは俺がやる」

「よろしいのですか」

「この程度のことで動揺していられるか。それよりも、スィウは勘が鋭いからな。絶対に気取《けど》られないようにしてくれよ」

「ふふふ」

どの口が言うのか、と言いたそうなサキを、ソーエンが睨《にら》みつける。

「――すまないなサキ」

「今更《いまさら》なにを謝られておられるのか、わかりかねます。ソーエン様と寄り添うことを決めてから、私は苦労でいっぱいですよ」

「前言撤回だ。お前は少し、夫を立てるということを覚えろ」

「これでもかと立てているつもりなのですが……」

サキが困ったように眉根《まゆね》を寄せる。

そんなやりとりすら、自分らしさを取り戻せるようで、ソーエンは少しだけ微笑んだ。

「よし、迎えの準備を続けるぞ——リンド・ヴルムのことは、こちらで調べておく」

「かしこまりました、ソーエン様」

数日後。

人間領大使として、三名の魔族がやってきた。

里帰りも兼《か》ねているためか、とても元気なスィウ。

そして緊張しているのか、翼をすり合わせて身を寄せている、姑獲鳥《はーぴー》と吸血鬼《ばんぱいあ》の少女たちであった。

ソーエンが、グレンの変事を彼女らに知られないよう、実に用意周到に立ち回ったことは言うまでもないことだ。

サーフェが初めて妖精に出会ったのは、幼少の頃。

実家、つまりネイクスの里でのことだ。

ネイクスの里では、薬に加工するため、大量の薬草を育てている。その薬草園の世話をしていた時に、たまたま、小さな妖精と出会った。

子どものころは、気にも留めなかった。子どもが妖精を見る、というのはたまに聞く話だったからだ。周囲の大人も、子どものころは見ていたという。

自分に妖精使いの才能があると知ったのは、大人になってから——アカデミーを卒業したあとも、妖精たちが見えるままであったからだ。

妖精が見えるなら、妖精と契約できる——。

診療所に人手が足りないとわかった時、サーフェは妖精と契約した。

一日ミルク一皿でもって、診療所の雑用を頼むのだ。

サーフェが何度も見かけていた、帽子をかぶった個体——おそらく妖精たちを指揮する個体が、その小さい指先を立て、つんとサーフェの指と突き合わせたのを覚えている。

それでおそらくは、契約完了。

その後は、サーフェは自分で文献《ぶんけん》を調べたり、リンド・ヴルムに住んでいる他の妖精使いの話を聞くなどしながら、妖精たちの扱いに長《た》けていった。

(妖精さんは——いてくれて、とても助かるけど)

サーフェは思う。

小さな個体でありながら、まるで深い思考を持つように見える妖精たち。あちらからの言葉が稚拙《ちせつ》であり、たまに誤解が生まれることを除けば、まるで軍隊アリのような強靭《きょうじん》な組織力を持つ、妖精たち。

（でもきっと、私たちとは違う理屈で動いている）

妖精は便利だが、頼りすぎてはならない。

それは、他の妖精使いから散々《さんざん》言われたことだった。

人間や魔族が好きだから手を貸しているのではない。妖精を使役《しえき》するときは、そのことを常《つね》に気に留めておかねばならない。

サーフェはそう学んだ。

だから、彼らにお願いをするときは――最大限の敬意を払い礼儀を尽くすのだ。

「皆さん、集まってくれてありがとう」

診療所の妖精たちが並んでいる。

彼ら彼女らに、サーフェは声をかける。

彼らの陣形《じんけい》を見た時に、サーフェは事態を察した。いつもは最前列にいるはずの、あの帽子をかぶった個体がいない。

「……やはり、なにかが起こっているのですね」

サーフェは思う。

総指揮を執っているリーダーが不在ならば、それこそが緊急事態だ。それはそのまま、診療所の非常事態――グレンの身の異変を示している。

「そうー」「あたりー」「でも言えないー」「ねー」

「言えないこと……そう、わかりました」

妖精は妖精の理屈で動いている。

自分はあくまで、頭を下げて彼らの力を借りているに過ぎない。

グレンの魂とやらがどこにあるのかはわからない。しかし、あの帽子をかぶった妖精は、それを解決するために動いているのだろう、という確信があった。

彼ら彼女らは、契約をなにより重視する。

診療所の雑用をする契約をしたのだ――診療所で起こるあらゆる問題が『妖精が解決するべき雑事』として処理されるはず。

「――皆さんには、墓場街の支配人、二代目モーリーさんを捜していただきたいと思っています。顔はわかりますね」

「わかるー！」

妖精の一人――おそらくリーダーに準じる地位にいるものだろう。

元気よく手を上げた。妖精たちはなんらかの方法で知識を共有しているらしく、一人が手を上げれば、ここに集まる妖精たちが全て知っているということだ。

「わかりました。お願いします――あなたたちはきっと、私より、なにが起こっているのか知っているのでしょうけど――」

「しってる！」「わかる！」「りーだー……しんだ……」「いやしんで、ない」「いだいなる、ぎせい」「ぐれん、しんだ」「いや、いきて？」「いきてた？」「あのよ」「いいとこ」「いちどは」「いきたい！」「いやいきたくない！」「いきてない！」「いきてる！」

「すみません、複雑なことを聞いてしまって」

妖精の言語では、どうやらこの現象を説明することができないらしい。

サーフェもそれはわかっていた。言語コミュニケーションは妖精の不得意とするところなのだ。

だがそれでも、二代目モーリーの捜索には彼らの力が必要だ。

「私は信じています。グレンが戻ることを――そしてそのために、皆さんも力を貸してくれる。その認識で、いいんですよね」

「「「「おっけーっ！」」」」

妖精らが声をあげる。

それだけで、サーフェはほっと息を吐いた。ならば自分は、やるべきことをやるだけだ。

「では、二代目モーリーさんの捜索、よろしくお願いいたします」

サーフェの声で、妖精たちは散開していく。リーダーがいなくとも、彼らの統率《とうそつ》が失われることはないようだった。

魂などという曖昧なものを取り戻す。

自分に本当にできるだろうか——という不安はある。だが、今も街を駆けずり回ってるティサリア。グレンの肉体に寄り添っているアラーニャ。彼女たちと同様、サーフェもどうにかしてみせる、という固い決意をもっていた。

雲を摑むような話であるなら、妖精たちを使役するのも同じだ。

正しい道筋を得ることができれば、きっと魂という、形のないものも取り戻せるはずだ。なにより。

(あなたの帰る場所はここしかないのだから——絶対に追いついてみせるわ、グレン)

重すぎる愛を胸に、サーフェもまた、モーリーを捜しに、蛇の身体を這《は》いずらせるのであった。

症例3　壊死した神様

グレン・リトバイトは、初代モーリーの案内で中央広場へと足を踏み入れた。

「――これは」

霧《きり》の中に、巨大な城が見える。

本来、中央広場にあるべき議会はなく、代わりに出現したのは荘厳《そうごん》な城だ。質実剛健《しつじつごうけん》な印象の建物で、グレンの知る限り、やや古い建築様式に思えた。

中央の塔は、遠くからでも見えた城の中心部。それ以外は装飾も少なく、貴人の居城というより、最前線の砦《とりで》のように見える。

「ここに、冥府《めいふ》の神が？」

グレンが聞く。

広場へと入る鍵《かぎ》を開けながら、モーリーは手に持った首をグレンへと振り向けた。

「そうだよ☆　冥府の女王サマ。この冥界《めいかい》にいる者は誰もあの御方に逆らえないから、言動に十分注意してね。ていうか迂闊《うかつ》に喋《しゃべ》らないで☆」

生首《なまくび》が軽い調子でそんなことを言ってくるので、グレンとしては反応に困ってしまうのだった。

柵《さく》を開け、敷地内に入る。

すると、どこからともなく虫の羽音が聞こえてきた。

「ジッ……」

「ジジッ……ジッ……」

黒い影が複数現れる。

それは、妖精によく似た小さな人型の生き物であった。背中のハエのような翅《はね》をこすって、羽音を立てていたのだ。体色は全体に濃く、頭部もまたハエに似ている。

彼らはぶうんと飛びながら、モーリーへと近づいていく。

「むっ、なんだ貴様らはっ！」

体格がほぼ同じコティングリーが、危険を感じたのか抗議の声をあげる。

「ふふ、怖がらないで。見た目は怖いけど、この子たちは冥府の使いよ。まあ、闇《やみ》妖精っていうか……冥府における召使《めしつか》いね。ぶっちゃけ私も妖精だから、見た目や役割が違うだけなんだけどさ☆」

「むう、同族か——そうか。妖精女王ではなく、冥府の女王の配下にあるものか」

「そうそう☆　ケンカしちゃだめよ、コティちゃん」

「誰がコティちゃんかーっ！　貴様は礼儀というものをだなーっ！」

コティングリーが怒りに任せて初代モーリーに怒鳴る。

それを危険と判断したのか、闇妖精がコティングリーの前へと飛んで、睨《にら》み合った。じじじ、とハエの羽音が響く。

「もー☆　ケンカしないでって言ったのにぃ」

などと言い合っているうちに、闇妖精たちを連れたモーリーは、中央の城へとたどり着くのだった。

「モーリーさん」

門番もいない城へと入っていこうとするモーリーを、グレンは呼び止める。

「あの——冥府の女王はご病気ということですが、具体的にはどのような」

「それは診《み》てもらったほうが早いかなぁ☆」

「わかりました。もう一つ、確認したいのですが……僕がここに呼ばれたのは、神様の病気を治療するためであり、終わったら現世に戻れるということでよろしいですか？」

「…………」

初代モーリーが沈黙した。

グレンもそれで察する。治療という話は、モーリーが勝手に言っているだけなのだ。用が済んだら戻れることを期待したが、どうやらそう簡単ではないらしい。

「女王様に会う前に、大事なことを言っておくわね☆」

「――」

「まず一つ、キミを冥府に呼びつけたのは、女王様本人。女王様はね、キミのことが大っ嫌いなの。殺したいくらい。それで実際に、冥府の神の権力を使って、キミの魂を冥府に連れてきたってわけ」

「僕を……嫌う……?」

冥府の神に嫌われる覚えはない。そもそも神に会ったことなどないのに。

グレンが戸惑《とまど》っているうちに、初代モーリーは続ける。片手に抱えた首が、グレンをまっすぐ見つめる。

「だからね、私は命令を遂行《すいこう》しただけ。もちろん、彼女の病《やまい》を治してほしいというのは嘘《うそ》じゃない……でも、本人はそんなことは望んでないわ☆」

やはり、とグレンは思う。

だがそれは治療をやめる理由にならない。今までも、ティサリアの異常を見つけることを望んだケイとローナ。スカディの診察を頼んだ苦無《くない》。本人以外の願いで、治療したことは今までもあった。

「冥府の女王ってくらいだし、この世界は全部、冥府の神サマの支配下よ☆　機嫌を損《そこ》ねればキミみたいな弱っちい魂《たましい》は、あっという間に消し飛ばされちゃう。もし復活したいなら――中し訳ないけど、ひとまず私に任せてくれる？」

「好き勝手を言いおる。貴様など信用できるか！」

闇妖精とはどのように決着をつけたのか。

コティングリーはグレンの肩に戻り、そんなことを言い放つ。

「だよねえ☆」

その返答はわかっていたとばかりに、モーリーはふう、とため息をついた。首をくるりと回転させる。その後ろ頭はやや寂《さび》しげに見えた。

「……ひとまず、信じます」

「なぬっ」

驚くコティングリーを尻目《しりめ》に、グレンはそう言った。

「あら、いいの？　自分で言うのもなんだけど、私、とびきりうさんくさくてミステリアスなおねーさんだと思うんだけど☆」

「ええ、まあ、それは否定しませんが――」

正直、この場において彼女を信じる理由がないグレンだ。

だが。

「貴女《あなた》を知っている方々から、話を聞いたことがあります。スカディさん、苦無さん、クトゥリフ先生……皆さん、貴女のことを褒《ほ》めていました。立派《りっぱ》な人物だったと。だからひとまず、信じます」

「…………そっか」

生首はこちらを向かなかった。どのような表情をしているのか、判然としない。

「ふっふん、これもお姉さんの魅力☆　ってことかしら。生前は美人過ぎて人気が出て、魔女だなんだと言われて処刑されたけどぉ……ふふふ、お姉さんのセクシーさは、グレンくんにもちゃんと伝わってるのね☆」

「──いえ、そういうわけでは」

「お礼に生首でキス☆してあげよっか」

「……妻たちがいますので」

グレンは毅然《きぜん》として断った。

結婚をせぬままこんな状況になってしまったが──婚約者たちを『妻』と呼ぶことに躊躇《ちゅうちょ》はないグレンだった。

「ふっふーん？　操《みさお》を立てるのはいいわね☆　気に入ったわ──冥府の女王様の前では、なるべく、キミたちの不利にならないように話してあげる」

「……はあ」

「だから──」

城への扉が開く。

デュラハンは抱えた顔を見せない。軽い口調はそのままであるが、表情を見せないのは――軽薄な態度に似合わぬ、真剣な顔になっているからだろうか。

そんなことを、グレンはふと思った。

「なるべく、余計なこと言わず、黙っててね☆」


モーリーの案内で城の中を進むグレンたち。

城内では、冥府の妖精たちが使用人のように働いていた。飛びながらなにかを運ぶ様《さま》は診療所の妖精たちと変わらない。

一匹の妖精に先導され、グレンたちが向かうのは城の中心部だった。一際豪華《ごうか》な扉を、モーリーが開けると――。

高価そうな絨毯《じゅうたん》の向こうに、暗い色の玉座《ぎょくざ》があった。

「戻ったか、モーリーよ」

玉座には、女性が座っている。

ここは王の間《ま》であり、座にあるのが当然、冥府の女王ということになるだろう。モーリーが足を踏み出すのに合わせて、グレンも部屋に入る。

城の外は蒸《む》し暑かったのに、ここは刺すように寒い。

（ああ）

グレンは呻《うめ》いた。

冷気の主は、部屋の中心――女王からだ。つまり彼女が誰より温度を失《な》くしているのだ。

「時間がかかったな」

「ごっめーんね、女王様☆　ちょっと身体《からだ》を離れたり、それをこの子に助けてもらってたりしたもんですからぁ。でもちゃんと連れて来たわよ、はい、どうぞ。リンド・ヴルムのお医者様、グレン・リトバイトくんです」

「ふん」

冥府の女王は、じろりとグレンを睨みつけた。

不思議な姿の女性であった。

一見すれば、その種族は人間――に近いように見える。しかし、髪はなぜか左右非対称であり、右側の髪だけを長く伸ばしていた。前髪も伸びており、右顔から首まで全《すべ》て隠している。

露出《ろしゅつ》している左側の肌《はだ》は白いが――。

しかし冥府の女王という割には、ただ白いというだけで、不健康な肌の色には見えないのだった。

深い紫色《むらさきいろ》のドレスは、こちらも何故《なぜ》か左右非対称であった。右腕はロンググローブで一切素肌を見せていないが、左手の装飾は、爪《つめ》の先に塗料を塗っているだけである。

右足も隠していた。長いブーツと、ハイソックスで徹底的に露出を避けている。そのくせ、左足はサンダルを履《は》いているだけ。ソックスもない。左右非対称なファッションをグレンは訝《いぶか》しく思う。

右を徹底的に隠し、左を露出した女性。

極めつけには、右の髪の上から、骨のような形状の仮面をつけている。

髪に隠れていない左の目で、じろりとグレンを見つめるのだった。

「お前が——医者か」

「ええ、そうです☆　ちゃあ～んと、素直にここまで来てくれました☆」

「良かろう良かろう。私の招聘《しょうへい》に従わぬはずはないからな——なにしろ、生き物は全て死ぬ。絶対にな。泣き叫んでも無駄だとわかったのだろ」

くっくっく、と笑いを嚙《か》み殺す死の女神。

玉座に肘《ひじ》をつき、偉そうな態度を崩《くず》さなかった。

冷たい部屋なのは異様だが、それ以外は特に不審《ふしん》なものはない。むせ返る花のような匂《にお》いがするのが、冥界にそぐわなかった。

（——花の匂いが濃い……いや、でも、これは）

ただ。

香水のような匂いの中に、なにか別の匂いもあるような——。

「グレンよ、楽にせよ。私は堅苦しいのは好まぬ——私こそ、冥府の女王。冥界を統《す》べる神である。神は神であるだけで完結しているがゆえ、名など必要ないが……もし不便というならエレ様と呼べ。尊称さえつければ不敬とは言わぬ」

グレンは観察する。

死の女神から漂う冷気が尋常《じんじょう》ではない。だがそれだけだ。普通に相対《あいたい》しているだけでは、死を思わせるようなものはなにもない。

風貌《ふうぼう》はやや個性的であるが、普通の人間の女性に見えた。

「エレ様～☆　かっこいい～」

「ふふ、もっと褒めよモーリー」

「ところでエレ様、グレンくん、どうしてここに呼ばれたのか、ぜ～んぜん心当たりがないんですって。さぱっと手短に説明してくださいな☆」

「お前は本当に軽いな！」

エレが、ぎゃあぎゃあと喚《わめ》く。

だが特に叱《しか》られることはない。エレはふう、とため息をついてグレンを見るだけであった。

女王と配下というには、気安い関係に見えた。

「ん？　んん～？　うんん～？」

エレがグレンをじろじろと見つめる。

「お主……なにか気配が妙だな？」

「え？」

「まっさらな状態で死んだものではない。なにか妙な気配が――一度、死にかけたことがあるか？」

「死にかけたとまでは……一度、アカデミー時代に、強く頭を打ったことがあります……」

遠慮のない視線に、ついつい素直に答えてしまうグレンだった。

過去の怪我《けが》は、重傷だったと聞いている。迅速《じんそく》なクトゥリフ師の治療によって事なきを得たが――。

「それだけか？　んん～？　本当におかしな気配だ。一度、半分以上死んでるぞ？」

「……？」

「まあ、そんなことはどうでもいい」

グレン的にはどうでもよくはない、気になる話であったが――。

女王の方はもう興味を失ったようで、ひらひらと左手を振った。

「さて、グレンよ。呼ばれた理由を知らぬと？」

「――はい」

気安い女王のようだが、眼光は鋭い。神の肩書きは伊達《だて》ではないようだ。

「まあ、そうであろうな。貴様を殺したのは単純な話。貴様が余計なことをしたせいで、私の壮大な計画が台無しになったのだ」

「余計な……？」

「あのドラゴンのことだ！」

がう、と吠《ほ》えるようにエレが叫んだ。

辺《あた》りにいた冥府の妖精たちが、恐れをなしたのかぴゅっと逃げ出した。

「冥府の住民……つまりこれまでに死んだあらゆる生物は、全て私の配下。私の民。私の軍勢である。何百年と生き、力を蓄《たくわ》えたドラゴン……あやつめが死ねば、私の世界はさらに強くなるはずだった」

「ドラゴン——というのは、スカディさんですか？」

「ん？ ああ、そんな名前だったな——まあ名前などどうでもよい。とにかくだ、私は運命の女神たちも説き伏せて、現世に干渉《かんしょう》し、長い時間をかけたのだ。奴《やつ》が病に冒《おか》され、自分の生を諦《あきら》め、死ぬように画策《かくさく》してきた。だというのに、だ！」

がぁ、と牙《きば》をのぞかせ、エレが吠えた。

一見すると人間のようだったが——鋭い八重歯《やえば》で威嚇《いかく》する様《さま》は、獣人魔族《じゅうじん》に通じるものがあった。人間に見えるだけで、その実、まったく違う存在。

つまり、神なのだろう。

「お前が説得してしまった！」

「——は？」

「お前が！　生きるように！　説得したのだ！　おかげでかのドラゴンはのうのうと生き永《なが》らえており、次に死ぬ機会は随分《ずいぶん》と先になるだろう！　ドラゴンほどの強大な生命力ともなれば、もう運命の女神たちによる介入《かいにゅう》も容易ではない。そもそも運命を変化させようにも、もはや私がいくら命じても聞いてはくれまいだろうしな……」

玉座でばたばたと足を跳《は》ねさせるエレ。

年恰好《としかっこう》はグレンと同じくらいに見えるのだが――その様子はだだをこねる少女そのものであった。

「ドラゴンを配下とし、我が軍勢を強化する。その貴重な機会を――貴様が阻《はば》んだのだ、わかるか、なあ、グレン・リトバイト！」

「…………ええ？」

理不尽な怒りを向けられ、グレンは傍《かたわ》らのコティングリーやモーリーを見る。

妖精の隊長もまた、エレの言葉に唖然《あぜん》としていた。モーリーは処置無しとばかりに、両手を広げて首をすくめた――首は彼女の手にあるのだが。

「……まあ、良い。全ては済んだことだ」

一時《いっとき》、歯を剥《む》いたエレが、改めて玉座に座り直した。

「冥府の王としては、いちいち病を治療する医者など目障《めざわ》りでならぬ。本来なら全ての医者を残さず冥府に連れてきたいところだが――」

「それはできないのよね☆　『死』はエレ様の領分だけど『運命』『生き方』は別の神様の領分だから」

「業腹《ごうはら》だがそういうことだ。結局、意趣返《いしゅがえ》しで殺せたのは貴様だけだ、グレンよ」

身勝手な理屈に、唖然とする。

確かに、医者は患者の健康を守る。その職務が『死』を遠ざけるというなら、彼女的にはそうなるのだろう。

だが、スカディを治療したことを責められ、あまつさえそれを理由に殺されるなど。意趣返しされるなど。

あまりに理不尽だ。その振る舞いこそが神らしいと言えば神らしいが。

怒りのままに叫びそうになって——だが、グレンはそれをぐっと呑《の》みこんだ。相手は、こんな理不尽を平然と執行する神だ。ただ喚いたところで聞いてくれると思えない。

冷静に。

一つ一つ、意識の差を解きほぐしていけばいいと考えた。それこそ、なかなか治療を受けてくれなかったスカディを説得するように。

「……少し、お聞きしても？」

「発言を許す。なんだ」

モーリーの目が鋭くなったが、グレンは構わなかった。

「スカディさんの治療は、僕一人で成したことではありません。街の皆さん、助手、僕の師匠《ししょう》……いろんな人の助力があったからこそです。何故、僕一人をそこまで――」

「ふん。簡単なこと」

エレは手をひらひらと振り。

「あのドラゴンに、再び『生きたいという想い』を与えたから、運命が変わったのだ。運命を変えるのは、生物の『意志』の力だ。不甲斐《ふがい》ない意志で、ただ生きるだけならば、それは屍《しかばね》と変わらぬ。貴様があのドラゴンを説得し、生きたいと思わせた――」

「……意志、ですか」

「そうだ。冥府の女王としては『生きる意志』などは邪魔でしかない。それがあるから、生物はなかなか死なぬ。死ぬまでの時間を引き延《の》ばす。生きようとする意志、それが、私の、もっとも嫌うものだ」

グレンは感覚で理解した。

彼女は神だけあって、生物の理屈の外にある。

彼女は文字通り、『死』という現象なのだ。言葉が通じても、意思疎通《そつう》ができるわけではない。ドラゴンを説得するのとはわけが違う。

「昔もな、フェニックスという一族がおった。連中、進化の果てに、細胞を炎上させて再生するとかいう、とんでもない能力を持っておったのだ」

「フェニックス——」

イリィの祖先と思われる種族だ。

「あいつらがいては、この世の理がズレる。再生できないようあれこれ手をつくし、その上でハーピーとの交配も進めて、血を薄くして子孫も作れぬようにした——フェニックスを絶滅させるまでは本当に骨を折ったわ」

「っ」

「貴様も同じだ、医者。生命を死から遠ざける。本来なら医者を全員冥府に落としたいところだが、さすがに数が多すぎる。医術そのものを滅することはできぬしな……」

しれっととんでもないことを言い出す冥府の神であった。

「というわけで……ひとまず、やらかしてくれた貴様は冥界送りだ。よかったの、神の怒りを買ってそれくらいで済んで」

気楽に告げるエレに、グレンはめまいを覚える。

結局——これは逆恨みだ。だが権力を持った相手の逆恨みほど厄介なものはない。

（これは）

グレンは言葉を失う。

（説得や、嘆願で、どうにかなる相手なのか？）

コティングリーも、神のあまりの言いように青ざめていた。現世に返してほしいなどと言っても、聞いてくれるとは到底《とうてい》思えなかった。

冷たい王の間で、グレンはただ、暗澹《あんたん》たる気持ちになる。

「僕は――この後、どうなるのですか？」

「うん？　別にどうもならんよ」

グレンの問いに、エレは興味なさげに。

「冥府に落とした時点で、私は目的を果たした。あとはこの冥府で好き勝手暮らせばよい。あまり物はないが、不自由なく過ごすことはできるぞ。ただし――『現世での生』は、ここには絶対にないが」

現世に帰りたい――。

グレンが考えていることを見透かしたかのように、エレは釘《くぎ》を刺すのだった。

「エレ様？　城の一室を彼にあてがってもよろしいですか？」

「むう……まあ良かろう。医者の身分であれば、それなりの部屋を与えないと他のものに示しがつかぬからな」

グレンは理解した。

グレンが死んだのは、女王エレによる逆恨み――しかしそれは、もう終わっているのだ。エレはもう、グレンに対して関心はない。冥府にいればそれでいいのだ。

実質、死んだまま、二度とサーフェとは会うなと言われているわけで、グレンとしては到底納得できるものではないが。

（これは長丁場《ながちょうば》になりそうだ、な……）

モーリーもこの場で特に嘆願してくれるわけではないらしい。ただでさえ細い目で感情は見えず、恭《うやうや》しく頭を下げている。

「まあ、この城に来るまで疲れたであろ。ゆっくりせい。モーリー、案内を」

「はーい☆　さ、グレンくん。これで顔合わせは終わり。色々と不満もあるんだろうけど――死んじゃったんだから諦めてね☆　言いたいことがあれば、あとでお姉さんがなんでも聞いちゃうぞ☆」

モーリーが目配《めくば》せをしてくる。

これ以上はなにも言うな、いったん下がれ――という彼女の意図を感じた。あれだけ威勢《いせい》の良かったコティングリーも黙っている。話が通じる相手ではないとわかっているのだ。

ここは一度引いて、帰るための方策《ほうさく》を練り直すべきだろう。

グレンはわかっていた。

わかっていたのだが――。

「すみません、最後に一つだけ、聞いてもいいですか」

「グレンくん」

モーリーが真面目《まじめ》な声で咎《とが》めた。これ以上は女王の怒りを買うぞ、という警告だ。

「良い、なんでも聞け」

鷹揚《おうよう》に、冥府の主が言う。

「では一つだけ——」

「うむ」

「この部屋の匂いの理由を、聞いてもいいでしょうか？」

「っ」

冥府の女王エレが、隠していない左目を見開いた。

「花の香水で誤魔化《ごまか》していますが——この匂い、傷口が化膿《かのう》している匂いです。組織が壊死《えし》しています。今すぐ処置しなければ手遅れになる恐れがあります。怪我人がいますね？」

モーリーは言った。女王の病を治してほしいと。

そして玉座に、ほのかに香る怪我の匂い。

腐臭《ふしゅう》にも似た、膿《う》んだ組織の悪臭だ。

「なんでも聞けと言ったのは私だ——ゆえに、その問いを無礼とは言わぬ」

「女王様。怪我をしているのは、もしかして」

「だがな、その問いで私は機嫌を損ねた。モーリー、その医者を連れていけ。私はしばし休む」

エレはそれだけ言って、玉座から立ち去った。もはや生き返りの嘆願どころではない。グレンを一瞥《いちべつ》だにせず、奥の間に行ってしまった。

「あーあ☆　やらかしたわね、グレンくん。一番の地雷《じらい》を踏んじゃった☆」

モーリーが軽く言う。

「……怪我人がいるなら見過ごせません」

グレンはずっと、エレが消えた奥の広間を見つめ続けているのだった。


あてがわれた部屋は、豪華なものだった。

ティサリアの居室を思い出す、高価な調度品。柔らかなベッド。一人では持て余すような広い部屋だ。

ここが冥界でなければ――たとえばサーフェと泊まれるのであれば、とても良かったのだが、などと思うグレンだ。

「腐臭とはなんだ、グレン医師」

コティングリーが、紅茶を淹《い》れてくれながら聞く。

尊大な態度ではあるのだが、それでもグレンのために紅茶を淹れてくれるあたりが手伝い妖精らしいなと思った。

「はい、組織が化膿している匂いがしました……モーリーさん。女王様には……大きな傷があったり、炎症を起こしている可能性があります。しかもろくろく治療をしておらず、ほぼ放置されている状態……違いますか？」

「まさか匂いだけでそこまでわかるなんてね☆」

初代モーリーもまた、自分の生首を膝《ひざ》に乗せて、部屋でくつろいでいる。

「お姉さんも油断しちゃった☆　キミは確かにとても優秀な医者ね」

「質問に答えてください」

「キミの所見は正しいとも言えるし、間違いとも言える。ただ、確かに、女王様の身体《からだ》には大きな疾患《しっかん》があるわ。それを怪我というべきか、病というべきか、私にはわからないんだけれどもね☆」

「……？」

初代モーリーの言い方は曖昧《あいまい》だが。

はぐらかしているわけでもなさそうだ。彼女もエレの抱えている疾患をどう表現するべきか悩んでいるのだろう。

モーリーは、紅茶のカップを傾け、胴体の首に直接流し込んだ。飲食できることにも、その飲み方にもグレンは驚愕《きょうがく》するが。

そんなことには構わず、モーリーが語る。

「まあ正直、遅かれ早かれ話すつもりではあったのよね。グレンくんが先に気づくとは思わなかったけど☆」

「すみません……」

「いーのいーの。エレ様が不機嫌になったのは事実だけど、あれはあくまでポーズ。心の底では何とかしてほしいと思ってるはずだから」

　膝の上の生首は、目線を合わせづらい。

　グレンもまた紅茶を啜《すす》りながら、これからどうしようか考える。

「とりあえず私は、女王様のご機嫌とってくるわ☆　見た目あんな感じだけど、中身はほとんどワガママなメスガキだから、ちょっと機嫌をとればなんとでもなるわよ」

「あの、モーリーさんは、エレ様の側近《そっきん》？　なんですよね」

「うん☆　そーだよ！」

　モーリーがふふふ、と笑う。側近の割には主に対する敬意がない。

「偉ぶってる幼女の扱いは慣れてるからねえ☆　スカディちゃんで」

「はあ」

　モーリーにとっては、竜も神も変わらないらしい。

　経歴を見る限り、彼女はもと人間であるはずだが――怖いもの知らずというか、物怖《ものお》じしないタイプのようだ。

　死んでしまえば、そうした恐怖もなくなるのだろうか。

「それより、キミよ☆　どうするの、怒らせて？　そもそもエレ様を説得しに来たんでしょう？」

「すみません、誰かの不調を感じると、口を出さずにはいられなくて……まして組織の壊死だとすれば、すぐに処置しなければならない重大な疾患です」

「もー☆　まったく仕方がないなあ」

グレンは考える。

神が怪我をしているとして、それを治すことはできるだろうか。そもそもこの冥府は魂だけの世界であり、肉体の構造はあまり関係がないようにも見えるが――。

だが、デュラハンも治せたのだ。疾患を見れば、グレンにもできることがあるかもしれないと思い直す。

「モーリーさんは、女王の病を治したいんですよね」

「……ええ」

「なるべくなら、患者に関《かか》わる情報は、嘘偽《うそいつわ》りなく全て話してほしいのですが――」

グレンは珍《めずら》しく、そんなことを言う。

初代モーリーのことを、グレンは信じている。だが、その一方で、どうにも彼女はのらりくらりとした態度を崩さない。まだなにか腹に隠しているのではないか、という想いがぬぐえなかった。

「えー☆　全部話したよ？　ほら、キミを殺したのだって女王様の命令で、私は反対できる立場じゃなかったし☆」

「……本当にそれだけですか」

「それだけそれだけ☆　ほおら、女王様の病を治せたら、女王様だって感謝してグレンくんを現世に戻してくれるかもしれないし？　その時は私も、しっかり女王様をとりなしてあげるからね☆」

　モーリーの言葉に、コティングリーが不承不承《ふしようぶしよう》といった感じで頷《うなず》く。

「確かに……グレン医師を現世に戻せるとしたら女王の力以外にはない。だが――あの様子では……恩を売るほかあるまい。なあ、グレン医師」

「――そうですね」

　医者として、治療を『恩を売る』という言い方はしたくなかった。だが、逆恨みでグレンを冥界に落としたエレだ。それくらいせねば考えを変えてもらえないかもしれない。

「とりあえずぅ☆」

　初代モーリーが、ティーカップを置いて微笑《ほほえ》む。

「私がエレ様に話してみるわ。彼女の病状、本人も相当つらいはずなの。だからそれまで……良い子で待ってて、ネ☆」

「あまり時間をかけたくないのですが――」

　グレンの頭にあるのは、リンド・ヴルムのこと。

　そこで待っているはずの婚約者たちのことだ。

「うぅーん……心配しちゃうのはわかるけどぉ、冥界は時間の流れが違うから。グレンくんはもう、ここに来て何日も歩いた気分でいるかもしれないけど……現世ではまだ一日も経《た》ってないわよ。焦《あせ》らなくて大丈夫」

「そうなんですか!?」

死んでから一日も経っていないとは。

冥界には昼も夜もない。天体が見えないし、空腹も眠気も感じない異様な空間だ。時間の感覚が曖昧になる。

（ならば焦らず、一歩一歩進めていこう――）

グレンはそう心に決めた。

最優先するべきは、確実に帰ることだ。

「まあ、そんなわけで、私もエレ様も呑気《のんき》だからぁ……説得まで数日かかるかしれないけど、焦っちゃダメだ、ゾ☆」

「はあ、わかりました」

グレンは頷く。

初代モーリーは、自分の首を持って立ち上がる。生首を手に持つのは不便のようにも思うが、彼女の身のこなしは素早い。

「じゃ、怒られに☆　いってきまぁす」

「ご、ご武運を……」

どこまでも軽いモーリーを見送って、グレンは息を吐いた。

「で、どうするのだグレン医師。女王の気が変わるまで」

「どうしましょうか……」

グレンは窓の外——冥界の景色を眺《なが》める。

「とりあえず、医者にできることは、そんなに多くはないと思いますよ」

広場を行き交《か》う影。

冥府の死者たち。

どこまで意思疎通ができるのだろうか——などと考えながら。

「?」

グレンの考えをはかりかねたのか、コティングリーが首を傾《かし》げた。


それからしばらく経った。

グレンの客室は、冥府の住民でごった返していた。

「……なぁに、これ☆」

エレにたっぷりと文句を言われてから——気を取り直して、グレンの居室を訪れたモーリーであるが。

　目の前の光景に、小脇《こわき》に抱えた自分の生首を落としそうになり——慌《あわ》てて抱え直す姿が見られた。

「…………——」

「はい、肉体の損傷《そんしょう》ですね。包帯で補強しておきます」

「…………——…………」

「いえいえ、お礼は結構ですよ。お大事にどうぞ」

　グレンは、居室の中心にいる。

　冥府の住人——現世でいえばゾンビ、スケルトン、ゴーストのように、魂が様々な形になったものもいる。一方、まだ死んで間もないものは現世のままの姿を保っている。皆、グレンの前に並び、その診察と治療を受けている。

「一人一人、順番だ！　焦るでないぞ、この医者は全員見るから案ずるな！」

　コティングリーが、列に呼びかけていた。

　彼（彼女?）は彼（彼女?）で、列の整理から、グレンの診察の手伝いまで忙しく立ち働いている。どこから調達してきたのか、包帯や薬を始めとする治療道具まで揃《そろ》っている。

（うーわぁ……）

　冥府の魂には、確固たる形はない。

　だが、残った自我次第《しだい》でどのような形にもなる。つまり、ここでは自分の信じる姿が、自分の姿となるのだ。

死んでから時間が経てば、やがて魂は形を失い、消えていく。それが正真正銘《しょうしんしょうめい》、この世界における『死』であり、霧散《むさん》した魂は時間をかけて、また新たな魂として生まれる。この世界における、魂の循環《じゅんかん》だ。

(医者やっちゃってるぅ☆ あの子ったら)

グレンは、魂に対して治療をしている。

確固たる身体がない以上、その処置は気休め、精神的な安心をもたらすものに過ぎない。だが——。

生前、兵士だった魂が、切り落とされた腕が痛むと訴える。

病気で死んだ幼《おさな》い少女が、胸が苦しいと泣く。

それら一人一人に耳を傾け、生前と同じように、一人一人処置していく。人間も魔族も問わず、平等に。

生きている時と同じように、それらに対応していく。

(まったく——この子は☆)

モーリーは微笑む。

モーリー・ヴァニタスは、偽名《ぎめい》であった。生前はもっと、女らしい名前があったのだが——スケルトンとして蘇《よみがえ》った時に、かつての名前は捨てた。

生前のモーリーは、敬虔《けいけん》な修道女であった。

かつて、人と魔族で戦争が起きる前——もう何百年も前のこと。ほんのわずかではあったが、魔族領にも人間がいた。モーリーはそんな古い時代に、魔族領の修道女として生活していた人間の女であった。東の都からは遠く遠く離れており、独特の文化、宗教が隆盛《りゅうせい》していた。

無私の奉仕《ほうし》こそが、モーリーの信じる教義が求めるものであった。そのため、誰彼構わず奉仕した。金がないという民に施《ほどこ》し、食べ物がないという子どもに施し、悩みの多い者たちの話をひたすらに聞いた。人も魔族も分け隔《へだ》てなく。

その結果、常《つね》に貧乏《びんぼう》で、食うや食わずで、みすぼらしい女だった。それでもいいと思い、モーリーはただ、自分の信じる教えのままに生きていた。

魔族領で、魔女狩りが流行したのはそんな時代だ。真っ先に標的になったのは人間の女性であったが、すぐ男女の別なく全ての人間が狩られることとなった。魔族領から人間が消えた理由の一つである。

魔女狩りに巻き込まれたのは偶然だった。「あの女はあんなに貧乏なのに、姿かたちが変わらず美しいままだ。魔女に違いない」という讒言《ざんげん》により、自分でも驚くほどあっさり、魔女として処刑された。

修道女であったというのに、斬首《ざんしゅ》刑の上、生首はさらされた。教会の墓地に葬《ほうむ》られることもなかった。

（あ～あ☆）

優しい人を見ると、モーリーはいつも思う。

そんなことをしても意味がないのだ。いずれ死ぬのだ。その優しさが報《むく》われることはないかもしれない。だからそこまで、人に尽くさなくてもいい。

冥府での治療など、笑ってしまう——魂たちに治療しても、それは気休め以上のものではない。魂はすぐに本来の形がなくなり、霧散する。

それと同時に、かつての修道女であったモーリーは思う。

（そんなことされると……力になりたくなっちゃうでしょ☆）

優しさが報われるとは限らない。

因果《いんが》が常に応報《おうほう》するとは限らない。

だからこそ、せめて自分の周りでは、その応報が正しくあればいい。モーリーが願うのはただそれだけで。

そのために、無私の奉公《ほうこう》を続けるのは、死んでからも変わらないモーリーの業《ごう》である。

（まったくぅ……☆　どいつもこいつも……）

モーリーは自分の首を撫《な》でる。

斬首の記憶が強くあるせいで、死の使いとなったらこんな姿になってしまった。まあこれも悪くない、と軽く考えている。

（『他人のために』が大好きなんだからっ☆）

　抱えられた生首の状態で、モーリーが微笑んだ。

「ほおーら、アンタたち☆　あんまりこんなところでたむろしてるんじゃないわよっ☆　エレ様がお怒りになったらどうするの！」

　モーリーは、スコップ型の武器を抱えて叫んだ。

「…………──────…………」

「横暴だぁぁぁ」

「…………っ！　──────っ！」

「はいはい☆　うるさぁい、悩みのある子はあとでお姉さんがたっぷり聞いてあげるからっ☆　今はお医者様を解放しなさぁい、エレ様がお呼びなのよ」

　モーリーが武器を振り回すと、死者たちは散り散りになって、壁も床もお構いなしにすり抜けて逃げていった。

　冥界において、女王エレの名は絶対だ。

「ふぅ……キミねえ、冥界で医者をやるなんて聞いたことないわよ☆」

　呆《あき》れたモーリーの言葉に、グレンは頭を掻《か》いた。

「すみません、性分《しょうぶん》なもので……」

　モーリーは、わずかに目を開ける。

「まあ、そんな子だからこそ、連れてきた甲斐《かい》があるってものよね」

「……エレ様のことですか」

「そ☆　やあっと説得できたわ。エレ様のところに行くわよ」

この医者であれば、あるいは――。

モーリーはそのように思う。彼女もまた、無私の奉仕をするために、今なお、妖精となっても働き続けているのだ。

では、彼女が奉仕する相手は誰なのか。

それはまだ、グレンには言えないモーリーだった。

「覚悟しておいてね」

軽さの消えたモーリーの言葉。

「エレ様の抱えている疾患はきっと、怪我でも病でもないの。それでもなお、医者として、彼女の苦しみを和《やわ》らげたいと言うなら……神に挑《いど》む覚悟を、しておくことね」

「……」

グレンは息を呑《の》む。

コティングリーが、心配そうに彼を見上げる。

なにかを逡巡《しゅんじゅん》する様《さま》が見て取れたが――やがて彼は医者としての覚悟を決めたのか、大きく頷くのだった。

「来たか」

それは、エレの私室であるらしい。

部屋の内装は、グレンの借りている部屋と大きくは変わらなかった。冥界の住民の中でも、グレンが大事な客分として扱われていることが知れた。

エレは自分のベッドに座って、足を組んでいる。モーリーの立ち合いのもと、グレンは彼女に近づくことを許された。コティングリーも傍《そば》にいる。

「はい――診察をさせていただけるということで」

「よかろう。私に奉仕したいというその心がけ、気に入ったぞ。だが、しかし、医者ごときではどうにもならぬだろうが――」

その口ぶりが、いつかスカディを診察した時とそっくりで、グレンは笑いそうになる。

「いいか。これより貴様に、私の右半身を見せるが――不快の色を出すなよ」

「……？」

「もう一度言う。不快に思った瞬間、貴様の魂は跡形《あとかた》もなく消え去ると思え」

「は、はい」

グレンが頷いた。

エレは、組んでいた足をほどき――右足のブーツを脱いだ。ハイソックスもするりと脱ぐ。

その仕草《しぐさ》だけを見れば艶《なま》めかしいが――。

「っ!」

グレンが目を剝く。

ハイソックスを脱いだエレの皮膚《ひふ》は――ひどい炎症であった。

左半身とは大きく違う。酷《ひど》い火傷《やけど》のようだ。皮膚はケロイド状に変化しており、傷口からは透明な体液が染《し》みだしている。においの原因はこれだ。

「これは――」

ただれた皮膚を目当てに、ウジがいるのさえ見えた。ウジは化膿した傷口に生まれ、皮膚を食べるのだ。

(これは一体……!? まるで重傷を放置して不潔な包帯を巻いたみたいな……腐る一歩手前の状態……なんでこんなにひどく化膿してるんだ……!?)

グレンが驚いている間にも、エレは服を脱いでいく。

次は右手のロンググローブを外した。こちらも足と同様、ケロイド状のただれた皮膚が見えた。この状態で過ごしていたのなら、とてつもない痛みだろう。

「――不快に思っている、わけではないようだな」

「どうしてこのような状態になったのか、それをお聞きしても?」

「くくく……どうしてだと?」

最後にエレは。

決して見せなかった、右側の前髪をかき上げた。左半顔だけなら美女であったのに、右側もやはり皮膚がただれ、目は開けない状態となっている。

普通は動けるはずもない重傷患者だ。グレンが呆然《ぼうぜん》としていると。

「それは、無論、私が死の女神だからよ」

「――――」

「死をつかさどるがゆえに、私の半身は死んでいる。死は醜《みにく》くて、おぞましく、誰にとっても絶対に避けたいもの――ゆえに私の右半身もまた、見るものにそのように思わせる姿となっているだけだ」

「……つまり、象徴としての姿だと」

「そうだ」

エレは頷いた。

「神は象徴である。概念である。『そのもの』が姿をとったものである。私が死の女神ならば、当然、死を思わせる姿でなくてはならない。だからこのように、忌《い》まわしい半身をとっているのだよ、医者」

「……」

「ゆえにこれは怪我でも病でもない。どのような治療をしたところで、私が死の女神であることは変えられない。治せまい。癒《い》やせまい。それでも私に尽くしたいというのならば、好きにするがいい」

グレンがどう出るかを楽しむかのように、エレは顔を歪《ゆが》ませて笑う。

唇《くちびる》の左半分は、美しく微笑んでいるというのに。

右の焼けただれたような唇が一切動かないのが、痛々しいのだった。

「……善処します」

「ほう、やってみせると」

「はい、もちろん」

「よいよい。私は寛容な女神だ。どのような奉仕も受け入れよう。ただ、忘れるなよ」

エレがじろりとグレンを見た。

「この姿を見た以上、貴様を絶対に冥界から逃がすことはない。これは私のもっとも忌まわしい秘密であり、誰からも隠すべきものだ。これを知ったものは全て私の側近とする——そこなモーリーのようにな」

モーリーが一礼をした——首がないので礼がわかりづらいが。

(とにかく消毒と、処置を……！)

エレの目が語っている。

どうせ治せるわけない、と。それでいて、グレンがどのような治療をするのか、にやにやと見つめているような雰囲気《ふんいき》。

（できる限りのことをしないと）

　エレのただれた傷口を見て、グレンはそう決めるのであった。

　グレンの指示で、コティングリーが鉄製のバケツを持ってくる。

治療に必要そうなものは大抵《たいてい》、城に揃っていた。グレンの部屋にあったのも、コティングリーが城内を探して見つけてきたものだ。

魂だけのこの世界において『治療』という行為がどれほどの意味をもつかはわからないが
――ではなぜ、エレの城に、治療のためのアルコールやピンセット、包帯などが常備されているのか。

　考えるまでもなかった。

　エレの傷を治すために、この冥界でも、試行錯誤《しこうさくご》が繰り返されたのだろう。

「失礼します」

「うむ」

　グレンはエレの前にひざまずき、右足を見た。痛々しくただれた皮膚。それを喰《く》っていくウジたち。

　不衛生な環境において、傷はすぐに化膿し、ウジが湧《わ》く。彼女の居城が不潔とは思えないのだが、それでも傷はこの状態だ。

それこそが『死』の概念の具現化《ぐげん》、ということなのだろうか。

「……ちょっと冷たいかもしれません」

「構わぬよ。右半身の感覚は鈍《にぶ》いが、たまにひどく痛む。少々の冷たさなどどうということはない」

「…………」

エレの痛みを想像して、グレンは目を伏せた。まともな人間であれば、ウジが動くだけで、激痛が走ってもおかしくはない。

グレンはピンセットで、まずウジを取り除いていく。白い虫を、素早い手つきでバケツにいれていった。

「んっ、んむっ……んぁっ」

金属がエレの化膿した肌に触れる度《たび》、彼女がわずかに呻く。

「あっ……うん……っ、ま、まあまあ良い手つきだな」

「……そうでしょうか」

「ウジどもは可愛《かわい》いが、やはり身体を喰われるのはいい気分ではないからな」

白く膨《ふく》れた幼虫を『カワイイ』と評するエレの感覚がわからないが。

反応があるということは、神経は死んでいない。見た目はひどい状態ではあるが、回復できるのでは、とグレンは思った。

「ウジは除きましたので——傷口の消毒をしますね」

「うむ」

「かなり染みると思いますが」

「む、むう……よかろう」

グレンは消毒用のアルコールを振りかけた。傷口に塗っているのだから、激痛が走るはずだが。

「んんんんっ……！」

消毒液の痛みに、脚《あし》を濡《ぬ》らしたエレが苦悶《くもん》する。

（……これは、辛《つら》いだろうな）

グレンは内心で呻く。

半分生きて、半分死んでいる女神。もちろん現世では考えられないのだが、この冥界ではそれがあり得てしまう。

消毒した傷口は、赤くただれている。ピンセットで触れれば痛みもある。時々痛むと告げたエレが、これまでどれほど苦しんできたか。

冥界に来たとき、コティングリーが言っていた。ここは『変わらない』世界なのだと。現世ならば傷は治る。病も癒やせる。『変わる』ことができるから。

（ここは変わらないから……エレ様も永久にこのまま……とか）

死んだまま、変わらない。

グレンは頭によぎった思いを必死で消し去った。ウジは除いたし、消毒もできた。治療できないなんてことはないはずだ。

「悪くなった皮膚をナイフで切ってしまいます。放置しておくと、またウジが湧いて、皮膚を食べてしまうので」

「うっ、うむ」

手術用の細いナイフで、腐敗した部分を切り落としていく。これもまたバケツに捨てた。

実は、ウジは一見不快ではあるが、腐敗した部分や膿《うみ》を食べてくれるので、他に傷の治療法がない場合などは有用である――とクトゥリフが言っていたのを思い出す。しかし、今は適切な治療ができるので頼る必要はない。

（なんの傷なのだろうか、これは）

ひどく悪くなった皮膚は、火傷のようにも、かきむしった後のようにも見える。

いずれにしても化膿している皮膚をなんとかしなければならない。グレンはウジの湧く原因となった皮膚片を切り落としていく。

「んんぁっ……んんっ、はんっ……」

エレが妙な声をあげる。

　皮膚片が切り落とされていく感触は、決して心地いいものではないだろうが――エレはどこか、マッサージを受けているようなリラックスした顔になっていく。

「ああっ……んぁっ……よい、よいぞ」

「……エレ様？」

「ずっと皮膚の痛みに悩まされていたからな。貴様が余分な部分を手際よく切り落とすせいで、随分とすっきりしていく」

「そういう……ものですか」

　身体の感じ方が、やはり人間とは違うのだろう。

「あっはぁんっ……んんぁっ……うっ、あうっ……」

　グレンが皮膚片を切り落としていくたびに、エレが心地よさげに声をあげた。

　やがて、ほとんどの皮膚片が切り落とされた。ケロイド状だった皮膚は、見た目にもかなり綺麗《きれい》になっている。

「……終わりか？　これで？」

「いえ、最後に軟膏《なんこう》を塗って、包帯を巻きます――ブーツなどは蒸れて、皮膚に良くないかと思いますよ」

「ふうむ。包帯などは怪我人のようで好かぬが……まあ、貴様の言う通りにしてやろうか」

　治療を受けると決まってから、エレはいやに素直であった。

　グレンは不思議に思う。彼女は治療を拒否する患者ではない。城内に様々な道具を揃え、治療しようとした痕跡《こんせき》さえもあるというのに――ならばどうして、モーリーは説得に時間をかけたのだろうか。

　この姿を見られたくなかっただけだろうか？

「……んっ、はあんっ、んぁっ」

「あ、痛かったですか？」

　白い軟膏を塗っていくと、エレがわずかに反応した。

「い、いや、なんでもない――続けろ」

　エレに言われた通り、グレンは軟膏を塗っていく。丁寧《ていねい》に、傷口の一つ一つにまで浸透するように。

「んぁっ……あうっ、うんっ……ひゃんっ……んんぁぁっ」

「エレ様？　大丈夫ですか？」

「んぁっ……かまうな。人に触れられるなど数千年ぶりだから……ひっ、こそばゆいだけだっ……んぁぁっ……あうっ」

　エレが声をあげていく。

　グレンはなるべく痛まないよう、丁寧に軟膏を塗っていった。

　それなりの処置をして、一見、エレの足は綺麗になった。化膿した皮膚は多少すっきりして、

軟膏のおかげで表面も滑《なめ》らかだ。清潔な状態なのでウジが湧くこともないだろう。あとはこの状態を保護するだけ。

グレンは祈るように、彼女の足に包帯を巻いていった。

どうか治ってほしいと。

彼女の苦しみが少しでも癒やされればいいと願いながら。

「……うーむ、やはり、あまり美しくない」

包帯を巻いた足を見て、エレがそう言う。

「すみません、我慢《がまん》していただけると……」

「構わんぞ。我慢は得意だ。なにしろこんなつまらん世界をずっと治めてきたのだからな」

自虐《じぎゃく》なのかなんなのか。

グレンはその後も治療を続けていく。右腕も、右の顔も。皮膚を喰らうウジを取り除き、腐りかけの皮膚を切り落とし、薬を塗っていく。

薬を塗ると、エレは時々声をあげつつ——何故かグレンを見て、楽しそうに笑っていた。

「くふふ」

「あの——なにか?」

「いんや、なんでもない。随分熱心に治療するものだと思っただけよ。気にするな——顔の半分が腐った女に見つめられても、嬉《うれ》しくなどなかろう?」

「いえ、その――美人だと思います」

グレンは本心からそう言った。

実際、エレの顔は美しい。薬を塗りながら、美術品のようなその顔に触れることに畏《おそ》れさえ抱いていた。

だが、半分壊死したその顔を、他ならぬエレが嫌っているのだろう。だから髪で顔を隠していたのだ。

「世辞《せじ》はいらん――が、まあ、心遣《こころづか》いは褒めてやる」

エレのどこか寂しそうな表情に、どんな意味がこめられているのか、グレンは測《はか》りかねていた。

その後、腕に包帯を巻き、顔にも巻いていく。エレは不満を漏《も》らすようなこともなく、ただ純粋に処置を受けていた。

「これでよくなる――はずです」

「んっ、んむ……そうか」

エレは頷いた。

「これで治るというのだな」

「はい――それで、その、申し上げづらいのですが、治療の報酬《ほうしゅう》として」

「生き返らせてほしいのだろう？　モーリーから聞いている」

治療の流れをずっと見守っていたモーリーが、軽く頷いた。

「本来、死者を戻すことは絶対にありえん」

「…………」

「だが、私の身体を治せたものは今までいない。それを成し遂《と》げられたなら、いいだろう、貴様を現世に戻してやる」

「本当ですか」

グレンは驚いた、もっと交渉《こうしょう》には時間がかかるとばかり思っていたからだ。

「本当に治療できたのなら――な」

「…………」

「そう落ち込むな。私は決して約束をたがえない。私を治せた日には、愛《いと》しい現世に帰れるのだぞ？」

くっくっく、とエレは笑う。

その心底《しんそこ》楽しそうな表情のまま。

「明日になったと思ったら、その時に、また来い。治療の経過を見ておくれ、我が主治医殿よ」

「わかりました――」

「安心しろ。ここでの一日は、現世ではほんのわずかな時間だ。帰っても未《いま》だ、貴様の身体はあるだろうよ……くくく」

グレンは頷く。

どうか治ってくれ、うまくいってくれ、と心中で繰り返していた。

治療の成功を祈っている時点で、医者としては半人前なのだということは、グレン自身にも痛いほどわかっていた。


次の日——といっても冥府には昼も夜もない。あくまで、グレンの感覚における次の日なのであるが。

エレの居室を訪れたグレンは——愕然《がくぜん》とする。

「どうした」

エレが嗤《わら》う。

彼女の右腕からは、膿が染みだし、それを目当てに湧いたのだろうウジが、ぽとり、ぽとりと落ちていく。

「なにを怯《おび》える、主治医殿」

エレの顔の包帯は緩《ゆる》くなっており、染みだした膿が包帯を汚している。固まるグレンへと、彼女は一歩一歩近づいて。

「今日も処置をしてくれるのだろう?」

グレンは啞然とした。

包帯を取るまでもない。彼女の身体はまったく良くなっていない。グレンの施した処置は、たった一日であっさりと無に還《かえ》っていた。

治療が足りなかったとか、悪化が早いとか、そういう問題ですらない。

(たった一日でウジが湧いて、こんな状態に……⁉)

処置は適切だったはずだ。

消毒もしたのだ。こんな短時間でハエの卵が産みつけられ、孵《かえ》るはずがない。皮膚の炎症も早すぎる。これでは悪化したのではなく、新たに身体が傷つけられたとしか思えない。いや、そんな時間はなかったはずだが。

(あれだけ治療をしても、この状態に戻ってしまうのか……)

グレンはようやく理解した。

エレにとっては、半身が死んでいる状態こそが正常なのだ。手を加えてもすぐに戻る。なぜなら冥界は『不変』の世界だから――。

この世界では、医療の意味がない。

死を体現する女神に対して、グレンのできることはない。

「――知っていたんですか?」

グレンは、案内してくれたモーリーに問うた。

身体に抱えられた生首は、目を伏せて。

「まあ、予想通りね――」

「そんな……」

「何度も言っただろうが、私は死の概念そのもの。この状態が普通なのだ。病でも怪我でもない以上、医者にできることはない。この身体は変わらない」

膿の染みた包帯をはがすエレ。

包帯にまとわりついたウジがぼたりとカーペットに落ちた。

「さあ、主治医殿。今日も処置をしておくれ。ウジに噛まれて肌が痛い。右半身、全ての感覚が鈍いというのに――時折、たまらなく痛くなるのだ」

「………」

「これが死だ。これが、誰もが嫌うものだ。お前はそれを見たいと欲し、私を見た。もう逃がさぬぞ、この冥界でお前は、未来永劫《えいごう》、私の治療をするのだ。決して治らぬ私の身体を、治し続けるのだ」

エレが楽しそうに微笑む。心底楽しそうに。

これは罠《わな》だったのか。

最初からモーリーも全てを知っていて――グレンを逃がさないために、こんなことを仕組んだのだろうか？

女王の手の内であったのだろうか。

(いや——違う)

頭に浮かんだ疑念を、グレンは振り払った。

(モーリーさんは治療を期待して僕をここに連れてきた。そうでなければ、冥府の女王に会わせる理由がない——永遠に、冥府の外縁《がいえん》で放置しておけば良かったんだから)

モーリーが、エレを治してほしいと思っているのは事実だ。だが——グレンにできるだろうか?

モーリーをちらりと見た。彼女の期待に応《こた》えるべきだ、と反射的に思った。

(僕は医者なのだから)

相手がどうあろうと関係ない。

ひどく痛む、とエレは言った。その辛さと向き合わなければならない。

(僕は医者なのだから……!)

グレンは唇を噛んだ。

「……グレン医師」

コティングリーが心配そうにグレンを見つめる。妖精たちもまた、今日まで必死にグレンを助けてくれた。そんな妖精がまだ、グレンを医者と呼ぶ。

そしてなにより。

　ここにはいないサーフェのためにも、グレンはいつどこであろうと、立派な医者でなければならないのだ。

（たとえ、相手が死そのものでも、全力を尽くそう）

　グレンは唇を噛み、『死』の女神をまっすぐ見据《みす》えた。

「一つだけ、お聞きしてもいいですか？」

「構わぬぞ。なんだ」

　エレは、笑顔を浮かべている。顔の包帯をはがし、壊死した半分を見せる。

　右の半顔はもう動かないのだろう。歯を見せて微笑むのは左半分ばかりだ。

　そんな歪《いびつ》な笑顔でも、グレンは思う。神に相応《ふさわ》しい笑顔だと。

「あなたは、壊死した身体の半分を痛いと言いました。その姿を見られたくないとも言いました。それなのに、何故――そんなに嬉しそうなのでしょうか」

「ふふふ、そんなことを聞くのか」

　エレは心底楽しそうに。

「貴様は私と約束した。治療をすると。この身体が治らなければ、絶対に貴様はここから逃げられない。冥府に居続けるしかない」

「…………？」

「冥府の住民が増えるのは、私は、とても嬉しいのだよ。右半身が治らなくとも、貴様は私のもとに通い続け、終わらぬ治療を続ける。さあ、約束通り頑張ってくれ、主治医殿？　冥府の一員として、永劫に」

グレンは息を吐いた。

彼女はただ、国民が増えるのを喜んでいるだけだった。

「万一にもあり得ぬが——治せたら、生き返らせてやるぞ」

ふふふ、とエレは笑う。

彼女は自分の身体を治したいとは思っている。約束を果たす気もある。ひどく歪んではいるが——治療を受ける意思はあるようだ。

ならばグレンがやることは一つだ。

「コティングリーさん、昨日と同じ処置を。バケツ、ピンセット、ナイフ、包帯、消毒液をお願いします」

「む——うむ、わかった。だが——」

意味があるのか。

コティングリーはそう聞こうとして、言葉を呑み込んだようだった。

「……待て。なんだ」

「はい？」

「何故治療をしようとする。無駄だというのがわからぬのか」

「無駄かどうかはわかりません。まずは昨日と同じく、傷の消毒と保護。その上でエレ様がそんな身体になっている主因を突き止め、解決します」

エレは呆然として、グレンを見つめた。

「主因……？　ふ、ふざけるな。私の身体は、死の女神だからこその――」

「その理由は、ここでは当たり前の理屈なのかもしれませんが、僕としては認められません。臨床《りんしょう》に基づいた科学的な治療をこそ行います」

コティングリーが持ってきた道具を消毒していくグレン。エレが歯を噛みしめている。

「無駄だ。どうやっても治らぬ。治ることなど、想像も」

「医者は僕《ぼく》絶対に諦めません。だから患者《あなた》にも諦めないでほしい」

「そうやってドラゴンにも取り入ったのだろうが！」

エレが激昂《げっこう》した。

グレンが持っている道具を取り上げ、コティングリーごとバケツを蹴《け》り飛ばす。彼女が動くたびにウジがぼとりと床に落ちた。

「貴様の魂胆《こんたん》はわかっているぞ、グレン！　私の機嫌をとり、どうにかして考えを翻《ひるがえ》させようというのだろう。私を治さずして、現世に戻ろうと――その手には乗るものか！　私は、冥府は、一度入ったものを絶対に逃がしはしないぞ……っ！」

「いいえ、僕はただ、治療を諦めたくないだけです。その上で、現世にも帰ります。あなたを治して」

「無理だと言っているだろうが！」

エレが泣いているのがわかった。

彼女が左手で、グレンの胸倉《むなぐら》を摑《つか》み上げた。右手もわなわなと震えているが——それだけだ。

グレンに摑みかかるほどの力はないのだろう。

「エレ様、やめて！」

モーリーが悲鳴をあげる。モーリーが両手でエレの右手を摑むが、神の手はびくともしなかった。

「気に入らぬ、その顔——現世に戻ることを諦めていない顔！」

「はい」

「何故だ、自由にしていい。医者として過ごしてもいい。良い待遇も与えてやろう！　だが、戻るのだけはダメだ、死者が戻るのだけは、絶対に許さない……誰一人として、私の国から去るのは、許さないんだから……！」

グレンは胸倉を摑まれてもなお、冷静であった。

エレの心がわかるようだ。

冥府の女神として君臨《くんりん》しながらも、彼女は子どもだった。偉そうにしながらも、寂しがりで、冥府の繁栄《はんえい》を望むだけの神様。

だから否定されるのは耐えられない。

冥府を去ることは、彼女に対する否定であり――生き返らせるという甘言《かんげん》でもって、死者を繋《つな》ぎとめることも辞さない。

なるほど、とグレンは思った。

自分が今まで、医者として立ち向かい――けれど決して勝てなかった『死』という概念は、こういうものなのかと、おぼろげに理解した。

「僕は帰ります。必ず」

「許さんぞ――」

エレが左手を、グレンの首に移した。

「ぐっ……」

「エレ様、鎮《しず》まって！」

「ぬううっ」

モーリーが、飛んできたコティングリーが、エレの手を除《の》けようとするが――エレの左手は鋼《はがね》のように動かない。

「貴様はもう死んだのだ！　あまりに往生際《おうじょうぎわ》が悪いならば、このまま永劫、冥府の冷たい底に幽閉《ゆうへい》してくれるぞ！」

「エレ様！」

首を摑まれ、グレンは呻く。魂だけの状態になってもなお、首を摑まれれば苦しいのだと知った。

「ぐぅ……」

説得は意味がなかったか。

強い意志を見せたのは、エレに対しては逆効果だったか。

（サーフェ……）

グレンは目を閉じる。

エレを治し、現世に返る——それを成し遂げたかったのだが。

（ごめん、僕はまだ、死の女神さまは、治せないみたいだ……）

苦しみにあえぐグレン。

不思議なことに——闇の中で、一筋の炎のような光が見えた気がするのだった。

症例4　まだ死ねない医者

グレンの心臓が止まってから、数日間。

リンド・ヴルム中で、モーリー・ヴァニタスの捜索が行われていた。しかしかの支配人の居場所は一向にわからない。

ケンタウロスの健脚でも、ラミアの温度感知でも見つけることができない。リンド・ヴルムのどこかにはいるはずなのだが――。

ここにも一人。

捜索のために墓場街を訪れているものがいた。

「…………うう」

震えているのは、彼女がスライムの肉体だから――だけではない。

「やっぱり……墓場街にいるみたいデスね、ご先祖様……」

彼女の名はライム。

リンド・ヴルム中央病院で、看護師として働くスライムである。

グレンやサーフェとはアカデミーで共に学んだ仲であるが——不幸な事故のために、グレンはライムとの記憶だけが、キレイに抜け落ちてしまっている。

つい先ほどまでアラーニャと共に、グレンの肉体保存に努めていたのだが——。

「うう」

震えながら、スライムは進んでいく。

クトゥリフに許可をもらい、ライムは病院を抜け出してきた。モーリー捜索のために、である。

二代目モーリー・ヴァニタスは、先代の骨に、ショゴスとよばれる神話生物が肉付けをしている状態だ。一時、リンド・ヴルムを騒がせたドッペルゲンガー＝ショゴスは、どうやらスライム族の遠い先祖らしい。

不定形の肉体。分裂、変化も思いのまま。スライムよりもはるかに高精度で、他者の肉体を再現することができる。

二代目モーリーに、スライムたちは近づかない。

本来は同じ生命体のため、取り込まれると自我を失い、モーリーの一部になってしまう——それを本能的に理解しているからだ。

モーリーの方も気を遣《つか》って、スライムたちには近づかないようだが——。

「……いマスね」

だが、今日、ライムはわざわざ墓場街に来た。モーリーを捜すために。

ショゴスは不定形生物の群体《ぐんたい》だ。

離れていても互いの位置、状態を把握《はあく》することができる。そして——ショゴスから分化したスライムも、ある程度ショゴスの位置がわかる。

墓場街に入った瞬間、ライムは理解した。

先祖がここにいる、と。

一つの存在に戻りたくて、全身の細胞が震えるのがわかる。

(——怖イ)

ライムは理解している。モーリーに取り込まれれば、自分が自分ではなくなってしまうのだと。

だがそれでも、今は彼女を捜さなければならない。他でもないグレンのために。

(記憶を失うのも、自分が自分でなくなるのも怖イけど——それよりも、自分ができることをやらないのが、一番……私は、怖イから)

医者でも薬師《くすし》でもないが、ライムは看護師だ。

患者のために、グレンのために、できることがあるはずだ。

モーリーの気配をたどり、ライムは墓場街を進む。やがてたどり着いたのは、モーリーが生活している教会——その奥だった。

教会に入る。

「……行き止まり？」

モーリーの気配は、祭壇で途切れている。

普通に考えれば勘違《かんちが》いで終わらせるところだろうが――ライムの細胞は、先祖の気配を伝えていた。となれば、ここにいるのは間違いない。モーリーは最初から、どこかに行ったわけではなく、ずっと教会にいたのだ。

「となれば――なるほど、隠し扉デスね！」

ライムは。

人型だった自分を溶解させ、とろとろのゲル状に変化する。そのまま祭壇を覆《おお》ってみる――と、木でできた祭壇の奥に、巧妙《こうみょう》に隠された扉を発見した。

扉には厳重な鍵《かぎ》がかけられている。オーガ族でも壊せそうにない、極太《ごくぶと》の鋼鉄錠《じょう》であったが――。

（ふっふーん、意味ないデス！）

ライムは扉の隙間《すきま》から、自《みずか》らを侵入させる。

不定形のスライムに、鍵など無意味だ。先祖のモーリーは、骨があるからこの行動はできないだろう。

スライムならではの強みを生かして、進んでいくと。

（これは――地下？　地下墳墓《ふんぼ》？）

そういえば、ライムは聞いたことがあった。

先代の支配人は、弔《とむら》いのために行き場のない死体を大量に集めていた、と。一部は死蠟《しろう》化して支配人のコレクションになっていたとも聞く。

温度も湿度も変わらない地下は、死体を保存するのに絶好の場所だ。一定の温度を保っている場所であるために、ラミアの温度感知でも発見できない。

ライムが地下を進んでたどり着いたのは、開けた空間であった。

壁際には何段ものベッドがぎっしりと並べられ、そこには布でくるまれた物体が横たわっている。これがおそらく死体なのだろう。

そして、その中心では。

モーリー・ヴァニタスが地べたにぺたりと座り、なにか作業をしていた。

「あの――」

おずおずと、ライムが声をかける。

「近づかなくていい。我が裔《すえ》よ」

「あううっ」

ぎょろりと、モーリーの目がライムの方を向いた。

まるで磁石《じしやく》に引き寄せられる砂鉄のように、ライムの身体《からだ》が突起《とつき》状になり、モーリーのほうへと向かおうとする。

　同化したがっているのだ。

「まだわずかに、任務完了の時間には早いが——ここまでよく来た。歓迎する。必要以上に近づくと我々は戻ってしまう。そこで話せばいい」

「あうう、ご先祖様……中央病院のライムデス……」

「登録済み、認識している。よく来た。血縁としては我々が祖になるのだが——リンド・ヴルムの生活においては、そちらが先輩だ。よろしく頼む」

　モーリーは、なにやら作っている。

　木の骨組みと、金属を組み合わせたそれを、内職のようにちまちまと作っていた。彼女の周りには、出来上がったそれがずらりと並んでいる。

「——あの、みんな捜して、いマスよ？」

「状況は理解している。医師グレンが死亡した件だろう？」

「まだ死んでないデス！」

　ライムが抗議したが、モーリーはそのギョロ目をぐるりと動かすだけだった。

「いや、肉体的には死亡している。だからこそ、その状況解決のためにライムは我々を捜索していた。認識の齟齬《そご》があれば修正してほしい」

「あの、なにをしているんデス……？」

「無論、グレン医師の魂《たましい》を引き戻すための任務。必要数が我々のスペックを超えていたので、他の作業を行いながらのミッション完了は不可能と判断。作業に集中するため、より効率的に作業できる場所へと移動した」

「――へ？」

ライムは声をあげる。

他の皆が血道をあげて捜索しているというのに――モーリーの言い方では、集中できる場所で作業していただけのようだ。

「本来、死亡した生命は再生しない。それは我らが活動していた時代でも同じだった。だが、死者が、肉体と魂に分離する現象を、我々はこの墓場街で無数に確認している」

「は、はあ……」

「本来なら四散《しさん》する魂だが――どうやら初代は、綺麗に医師グレンの魂を連れて行ったようだ。ならば、形を損《そこ》なわず『こちら』に戻すこともできるはずだ。初代に頼まれた発注数までもうすぐ到達する」

多くのランタンを見回して、モーリーがうんうんと頷《うなず》いていた。

「ご先祖様は――知っているんデス？　なにが起こっているか」

「正確に述べると、実はなにも知らない。我々のシステムでは、現在の事情に関して正確に分析するには情報が足りない」

「だが、存在しない記憶がある。これはおそらく……一時的に、この骨に戻ってきたことがあるのだろう、初代モーリーの魂の記憶だ。あくまで我々は、この骨に間借りしているだけ。本来の持ち主が『還《かえ》って』きたとき、我々は休眠していたらしい」

「うえええっ」

そういえばスカディも言っていた。モーリーの警告があったと。

初代の支配人は、どこまで見通していたのだろうか。

「その記憶を元に、我々は必要なものを、必要なだけ作っていた」

「それが――このランタン？」

「そうだ。原理も不明、理由も不明であるが、とにかくこのランタンがあれば、医師グレンは戻ってくる」

モーリーは黙々と作り続けている。

きっと納得はしていないのだろう。だが初代からなにか記録を引き継いだモーリーは、その記憶に確信を持っている。

彼女自身にはない記憶であっても、骨が、細胞の一つ一つが覚えている。

（それは――）

ライムは思う。

「なら――」

（それは、私と、似ているような……）

グレンはアカデミー時代の記憶を失った。ライムと一緒にいた部分だけ、キレイに喪失《そうしつ》してしまった。

頭を打ったグレンを治療するために、ライムは自分の体組織《たいそしき》で脳細胞を構築した——その副作用である。

でも、記憶はきっと失われていない。

一時的に繋《つな》がりが切れただけで、グレンの記憶はずっとある。そう信じているし、だからこそここでグレンを失うわけにはいかない。

二代目もまた——自分の中に存在しない記憶であっても、初代の記憶を繋げて、この作業を行っているのだ。

同じなら、放っておけない。

過去の記憶を信じて、前に進むために。

「手伝いマス！」

ライムは。

ともすればモーリーに引き寄せられそうな自分を必死で抑えつけ、そう言った。

「私にもやらせてください。早くできたほうがいいハズです！」

「承知した。材料はそこにある」

「うぇっ」

モーリーが示した先には、山と積まれた木材やガラスがあった。組み立てればいいだけならば、ライムでも十分手伝える。

「やり方がわからなければ質問するといい。ただし一定距離以上に近づくのは非推奨《すいしょう》」

「わ、わかったデス……」

「効率が悪いと判断すれば同化するので、そのつもりで」

「それは勘弁《かんべん》願いマス！」

泣きながらご先祖に告げると、モーリーはそのギョロ目をぐるりと動かして。

「……虚偽《きょぎ》である。支配人ジョーク」

「わっかんないデス〜〜〜〜〜ッ！」

えぶぶぶ、と震えながら、ライムはさらに泣いた。

それでも彼女は作業に参加して、見よう見真似《みまね》でランタンを作っていく。元々、手先は器用なほうであるし、真似をするのも得意分野だ。

グレンの中には、アカデミー時代の記憶が眠っている。

グレンの脳にある自分の細胞が、いつかきっとそれを回復する。

そう信じてきたのに、こんな終わり方はあんまりだ。とても怖いご先祖様と一緒だとしても、ライムはできることは全《すべ》てやる。

諦《あきら》めないのは大事だ。

サーフェたちも、グレンをまだ諦めていない。手があるなら、やるまで。

(必ず助けマスからね――)

なんの役に立つのかはよくわかっていないが――それでもモーリーを信じ、ライムはランタンを作り始めるのだった。

モーリーとライムの尽力で、ランタンが全て完成したころ。

丁度《ちょうど》同じタイミングで、グレンの魂は危機に陥《おちい》っていた。

「ぐっ……う」

冥府《めいふ》の女王エレが、グレンの首を締め上げる。

魂だけの状態であっても、首を締められれば苦しいのか。それとも、冥府の支配権を全て持っているエレならではの力なのかはわからなかったが。

「抵抗するな。いずれ全て無駄なこと」

エレは告げる。

「全てのものは死ぬ。お前たち医者がどれだけ手を尽くしても、死ぬものは死に、消えるものは消える。いいではないか、この冥府でずっと、私の話し相手になっておくれ。そのほうが楽だろう」

「うう……」

モーリーと妖精が、エレの腕に取りすがるが、どうにもならない。

「お断り……します」

「――」

「誰もが最後には死ぬのだとしても――その間に、医者の仕事はあります……いつか終わるのだから全て無駄、なんてことはない……死ぬまでの『生』を守るために、僕はまだやらなくちゃいけないことがある……」

エレが不機嫌そうに眉《まゆ》を寄せた。

「だから僕は帰ります。まだ僕も生を全うしてませんから――ここで終わって、サーフェを泣かせるわけにはいきませんから……！」

「そうか、残念だ」

エレは酷薄《こくはく》であった。

グレンの必死の訴えも、結局はエレの機嫌を悪くさせただけに過ぎないように思えた。

「幽閉《ゆうへい》するという程度には、貴様を気に入っていたのだが……気が変わった。その魂、すぐに霧散《むさん》させてくれる」

グレンは終わった、と悟った。

エレの右手が動く。

「私の右半身は死そのもの。どのような存在であれ、私の力であれば、即座に消える」

エレの右手が、グレンの心臓を貫《つらぬ》いていた。

「————ッ」

冷たい感触が、グレンを襲《おそ》う。自分の中の、わずかに残っていた温度が失われていくのを理解した。

モーリーもコティングリーも止められなかったようだ。

「あ……」

「本当に残念だよ」

グレンが死を理解し、目を閉じた、その時。

「それこそフェニックスの力でもなければ、ここから逃れることはできない——」

炎が見えた。グレンの身体が、瞬《また》く間に炎に包まれ——輝いた。

「えっ」

「なぁ——」

エレが慌《あわ》てて手を引き抜く。だがグレンから燃え移った炎は、瞬く間に彼女の片腕を包んでいった。炎がさらに赤く、輝きを増す。

「これは……」

「バカな！　こんな……フェニックスの炎だと！　ヤツらめ、全部滅ぼしたはずなのに……

っ！」

エレが混乱している。

グレンの身体は、暖かい炎に包まれていた。皮膚《ひふ》が煌々《こうこう》と燃えているというのに、グレンは心地よささえ感じる。

なにが起こったのかまるでわからないが、どうやらここで魂が消滅するのは避けられたようだ。

「貴様ぁ！　一体なにをした……一体、どこで……フェニックスの力など、どうやって手に入れた！　何故《なぜ》貴様の魂に、フェニックスの力が引き継がれている！」

「……？」

グレンにはわからない。

フェニックスといえば、その血を引いたイリィを診察したことはあるが、不死の力は彼女からも消えているはずだ。

「もう、エレ様、おいたがすぎるわよ」

そこへ、モーリーが割って入った。

自分の生首《なまくび》と武器を持って、エレからグレンを守るように立ちはだかる。

「モーリー！　どういうことだ！」

「どういうこともなにも……貴女《あなた》に滅ぼされたフェニックスの力は、子孫に受け継がれていた。

それだけのことよ。グレンくんはたまたまそれを手に入れていた。彼が、誰でも分け隔《へだ》てなく診察するお医者さんだったから」

「……どういうことですか？」

「覚えてない？　フェニックスの子孫から、燃える羽根を受け取ったんじゃない？」

そういえば。

ハーピーの里で、イリィから舞い散る赤い羽根を手にしたことがあった。あの時、羽根は燃えるような熱さを持っていた気がしたが。

あれは幻《まぼろし》ではなく——本当に、フェニックスの力の一端《いったん》だったのか。

「魂に刻《きざ》まれた、不死鳥の力。フェニックスの子を助けたから、運よくもらえたのね。子孫のものでも、一回くらいは魂の消失を回避できるくらい、強い力よ」

「知っていたんですか、モーリーさん」

「ま、それを承知でキミをここまで連れて来たしね☆」

モーリーの生首が、ウインクで返した。

「ぬうう……ええい、滅びても面倒《めんどう》なヤツらだ！　だがもう終《しま》いよ。わが半身を見た以上、絶対にここから逃がさぬぞ！」

エレが腕を振るう。どこからともなく、黒い妖精たちが現れた。

ぶううん、と虫の羽音を立てながら、グレンたちを捕まえようと迫ってくる。

「ちょっとぉ☆　女王様、逃がしてはいただけない？」

「モーリーもそちらの味方か。よくも裏切ったな」

「ううん☆　私は裏切らないし、誰の味方でもない。強《し》いていうなら——信仰の味方よ」

「ならば神にひれ伏せられても文句はないな！　ゆけ、妖精ど……もっ……!?」

エレが命令を下そうとした瞬間だった。

エレの右半身から、炎が噴《ふ》き上がる。フェニックスの炎は、猛烈な勢いでエレの身体を燃やしていった。

「火っ……ひぃ……熱い……なんだこれは、なぜこんなにっ」

「うーん☆　エレ様、こんな伝承を聞いたことなかったかしら？　フェニックスといえば——寿命《じゅみょう》を迎えると、自分の巣で燃え上がって、白く小さな幼虫になるの。それがまた成長して、フェニックスは無限によみがえり続ける」

「なん……だとぉ」

エレが苦しむ中で、エレの右半身から次々と炎が生まれていく。

それらは全て、燃える鳥の形をとった。ウジだと思っていた白い虫は、フェニックスの幼生だったのだ。それらは炎によって次々と成長し、鳥の形となって、黒い妖精たちの妨害をしていく。

火は更《さら》に燃え広がる。

エレから、エレの居室へ。周囲のものを呑《の》み込んで燃やしていくが、熱くはない。グレンに影響のある炎ではないようだ。

命の炎。

冥府を照らす、命の力。

「さ☆　今のうちに逃げるわよグレンくん。妖精ちゃん、先導して！」

「む。心得た——貴様の命令を聞くのは業腹《ごうはら》だがな！」

コティングリーが真っ先に扉を開ける。

亡者《もうじゃ》たちの診察に必要な道具を得るために、コティングリーは城の中を飛び回っていた。構造は熟知しているはずだ。

「逃がさぬぞ……ここから逃げても、行き場などない……絶対に、逃がさん……ッ！」

半身を燃やしたまま、エレがすさまじい形相《ぎょうそう》で追いかけてきた。

「なにが起きているんですか」

逃げながらグレンが問うた。

「この炎の鳥は、一体……」

「ふふ☆　言ったでしょ、フェニックスよ。ねえ、グレンくん、死なない種族がどうやって滅んだと思う？」

「え？　それは、血が薄くなって……」

「そう☆　ハーピーと同化して、フェニックスの血はなくなった。でもそれは子孫の話。今まで生きていたフェニックスたちはどうなったのかしら」

言われてみればそうだ。不死の存在が消えるはずはない。

「彼らは、寿命を迎えると炎に包まれ、再生する。小さな白い虫になる☆　そしてそこからまた成長をするの。つまりこの儀式を邪魔されちゃうと、滅んじゃうのね」

「…………」

「エレ様はね、現世時間で、何百年も前から――冥府にいながら運命を操作して、フェニックスたちの蘇生《そせい》を邪魔していった。そうやって現世からは一人ずついなくなったフェニックスだけど……まあ、現世で死んだら冥府に来るから、みんなここにいるのよね☆」

とんちのような話だ、とグレンは思った。

「別にエレ様、死者の一人一人をチェックしてるわけじゃないから、フェニックス族がどこにいるかなんて気にもしなかった。まさか幼虫の状態で、自分の身体にくっついているなんて思わなかったでしょうね☆」

コティングリーが先頭を飛んでいく。

グレンはモーリーと共にその後に続く。炎は城中に広がっている。炎の鳥たちがグレンたちの逃亡を助けてくれている。

「もうフェニックスたちも、魂の形が随分《ずいぶん》変わって、鳥の姿になっているけれど……子孫を助けてくれたキミのことは、ちゃんとわかってるみたいよ☆」

「——光栄です」

イリィの力になったのが、こんな形で功《こう》を奏《そう》するとは思わなかった。

「みんな、キミが来るのを待ってたの。こうすれば命の炎の力で、エレ様のたくらみをぶっ壊せると思ってたから☆　まあそのために、わざわざキミをエレ様に会わせる必要があったんだけどね☆」

「だから僕は殺されたんですね」

「そーなのよぉー☆　エレ様、一度言い出したら聞かないし、殺さないわけにもいかなくって☆」

ずっとモーリーは、グレンを助けることを画策《かくさく》していたのだ。

それは素直にありがたい。グレンを現世に返すために。そしてエレにくっついているフェニックスたちを目覚めさせるためには、グレンの持つ不死鳥の力が必要だったのだ。

「っ」

グレンは走りながらも、後ろを見る。

通路の最奥《さいおう》からグレンを追ってくるのは、エレだ。半身を燃やしながらも、歯を嚙《か》みしめてグレンを睨《にら》みつけている。

「うう……熱い、熱いのはイヤだ……蒸《む》して不快だ……命の炎など、鬱陶《うっとう》しいだけだ……フェニックスども……っ！」

「エレ様……」

「そんな目で見るなっ！　死を嫌いながら、死ぬことしかできない私を憐《あわ》れむな！」

追ってくるエレの声は、今にも泣きそうであった。

動きが鈍《にぶ》い。命の炎に包まれているというのに、
やがて、城の外に出る。グレンが通ってきた門扉《もんぴ》を抜けると、モーリーが素早い動作で鍵を閉めた。

「ごめんね☆　エレ様」

「モーリー！　私にこんな仕打ちを……許さぬぞ！　どうせ貴様も行く場所などないのだろうが！」

「ま、そりゃそうねー」

モーリーはアハハと軽く笑う。

燃えたままのエレは、鉄柵《てつさく》を掴《つか》んでグレンを睨みつけていた。彼女の目から感じる憎悪《ぞうお》が尋常《じんじょう》ではない。

「生き返るつもりか……ああ、フェニックスの力がこれだけあれば、できるのだろうな！　私の力を借りずとも！」

エレが鉄柵を全力で握りしめる。

「この門は越えられないわ。エレ様は、城から出られないの」

「モーリー……！」

余計なことを言うなとエレが叫ぶ、

「今回は……今回は私の負けだ！　だが覚えていろ。それは死の先延《さきの》ばしに過ぎない。今、生き返ったところで、貴様はまたやがて死ぬ。絶対にここに帰ってくる。此度《こたび》の不敬、私は決して忘れぬぞ……」

「……エレ様」

「死からは逃げられないのだ。全てのものはいずれ死ぬのだ！　また冥府に来たとき、私に許しを乞《こ》うても、もう遅いのだぞ……！」

「──逃げませんよ」

グレンは。

立ち止まって、振り返った。正面からエレの憎悪を受け止める。

「僕は現世で、もっと立派《りっぱ》な医者になります。多くの人、魔族を助けて、そしていずれ死にます──」

エレに対する、グレンの言葉は決まっていた。

いつだって、彼がやるべきことは一つなのだから。

「死んで、必ずここに戻ってきます。貴女の苦しさ、痛みを取り除けるほどに、成長した医者になりますから……待っていてください」

「……なんだと？」

「貴女も治します」

グレンは迷いなくそう告げた。

死そのものである女神に対して、医療で立ち向かうと。

「なっ……でき、できるものか！　そんなことが！　私の身体はどうにもならぬ、それは貴様も体感したはずだ」

「やります」

「ぬううう……」

グレンの言葉が予想外だったのか、エレは歯嚙《はが》みした。

「──絶対に、絶対にその言葉、忘れぬからな！　お前が死ぬときが楽しみだ！　私はいつまででも待てる、人の生など一瞬だ……貴様が来る日を楽しみにしているぞ、グレン・リトバイト────ッ！」

「はい、もっと成長して死んできますので」

なにを言ってもグレンが動じないので、エレはついに言葉を失ったようだった。

「待っていてくださいね」

「…………貴様は」

唖然《あぜん》とするエレ。

「ほうら☆　行くわよっ」

グレンはそのまま振り返らず、コティングリーの先導で走り抜けるのだった。

あとに残されたのは、柵からグレンたちを見送るエレの姿だけ。グレンを逃がしたせいなのか、彼女の半身の炎も徐々《じょじょ》に収まっていく。

「――――」

エレはただ茫然《ぼうぜん》とした表情で、グレンたちを見送るのだった。


グレンは逃げる。

城から、リンド・ヴルムから、やがて郊外へと出る。

（暗い……）

偽《にせ》のリンド・ヴルムさえも抜けてしまうと、そこは薄暗い世界だった。道も見えない。空も見えない。

（ここが冥府の果て……なのか？）

もはや走ることもなく、コティングリーは先導を終えた。

前を歩くのはモーリーだ。武器を杖《つえ》代わりにして、それこそ墓守《はかもり》のようにグレンを導いていく。

グレンの胸――エレの腕が突き刺さった心臓は、未《いま》だに赤く輝いている。触れると、わずかながら炎がぼうと噴き出た。これがつまり、フェニックスの不死の力、なのだろう。

「モーリーさんは……」

「ん？」

「どこまで、計画していたんですか？　フェニックスたちと、共謀《きょうぼう》していた、ということですか？」

「うーん☆　別に打ち合わせていたわけじゃないのよ？　キミがフェニックスの力を手に入れたのは偶然。エレ様の身体を、フェニックスたちが住処《すみか》にしていたのも偶然。きっかけを作って、互いを引き合わせれば――不死の力が連鎖《れんさ》する。幼虫だったフェニックスたちが、命の力を放出する。それは、私にとってもメリットになるの」

生首を高く掲《かか》げ、ふふふ、と微笑《ほほえ》むデュラハンだった。

「つまり☆　私には私のやりたいことがある。キミを利用しちゃったカタチになるかな」

「いえそんな……でも、モーリーさんが手をかけてくれたからこそ、僕は帰れるんですよね？」

「そうね☆　キミの魂を、キレイに不足なく、体から切り離した。自然死ではこうはいかない。キミの魂は問題なく元の肉体に帰れるわよ」

モーリーが立ち止まる。

スコップ型の武器で指し示した向こうは、暗い闇《やみ》が広がっていた。

「さ、もう行きなさい。不死の力も永遠じゃないわ。早くしないと、現世に帰れなくなっちゃうんだから☆」

「モーリーさんは――」

「私？　私はほら、今頃めそめそ泣いている、冥府の女王様を慰《なぐさ》めないと☆」

てへ、と舌《した》を出す生首であった。

「それに、今、リンド・ヴルムには二代目の私がいるんでしょ☆　墓場街のことはその子に任せるわよ。必要な記憶は、彼女にインストールしてきたから」

「は、はあ」

謎の横文字はともかく――モーリーは二代目のことも気に入っているようだった。

「とはいえ道が見えぬぞ。この闇の中ではどうしようもない。我々だけで行けというのか」

「うふふ☆　冥府から帰る道は一本道で、とても細くて、その上振り返ったら帰れなくなる――なんて神話、山ほどあるものね？　ちょっと道を間違えたら、冥府の暗闇《くらやみ》にまっさかさまかもね？」

「ならばどうしろというのだ！」

ふざけた物言いに、コティングリーが激昂《げっこう》するが――。

「だぁーいじょうぶ☆　そこもちゃんと準備してきたから」

モーリーが、指し示した向こう。

（……光？）

ぼんやりと、オレンジ色の光があった。

暖かさを感じる光だ。穏《おだ》やかで、どこか懐《なつ》かしい。

「それじゃ☆　行ってらっしゃい。そして、いつか死んだらまた会いましょ。スカディちゃんとディオネちゃんとクトゥリフちゃんと……ええと、その他色々にもよろしくねっ☆」

「――――ありがとうございました」

グレンは頭を下げる。

色々とうさんくさい女性ではあったし、彼女なりの目的もあったのだろうが――。

エレの命令でグレンは死んだ。そこから生き返ることができたのは、モーリーが手を回してくれたおかげである。

「いいのよ☆　私――みんなの味方だから」

「みんな、ですか？」

「みんな。みんなに尽くしたいの☆　奉仕《ほうし》したいの☆　みんなが幸せになる道をいつも探して、誰かのために献身《けんしん》してた――骨になっても、首が外れても、それが私の想い。私の信仰。私が勝手にやってることだから、キミは気にしなくていいの」

「……ご立派ですね」

「そんな大層なものじゃないのよ。ご奉仕大好きなだ・け☆」

ふふふ、と舌なめずりをして笑うモーリーであった。

「さ、もう行きなさい。時間がなくなるよ――あのランタンの光を目指して」

「はい」

グレンは踏み出す。

医者は、肉体を治療することはできる。精神は肉体に宿るのだから、肉体の治療を通して精神を治すこともできる。

だが本当の意味で心を――魂を治療することはできない。

それができるのは、モーリーのような女性なのだろう、と思うグレンだった。

「いつか、私が迎えに行ってあげるから――その時まで、頑張って生きてね☆　振り向かないで、前だけ見るのよ」

背後からモーリーの声がかかった。グレンはその言葉通り、前のランタンだけを見つめていく。

「行きましょう」

「ああ」

コティングリーが先導してくれる。

わずかに進むだけで、周りが暗くなった。振り向くことも許されない。

闇の先にはコティングリーと、ランタンだけが見える。グレンはランタンの光を目当てに、ふらふらと、熱に浮かされているようだった自分の身体から、徐々に倦怠感《けんたい》が消えていく。

ただただ進んでいく。

（あの光は、なんなのだろう）

グレンは疑問に思う。

ぽつり、ぽつりと、グレンが進んでいくほどに、光が増えていった。暖かい光が、導くようにグレンの行き先を照らしていく。

（ああ）

グレンは、なんとなくだが、理解した。

あれは、リンド・ヴルムを照らす光だ。

魂を導くための光なのだ。

これもモーリーの画策なのだろうか——あれがあるおかげで、グレンは迷わず自分の肉体へと戻っていける。

夢か幻のようだったここまでの記憶が、鮮明に思い出される。

帰りたい。

愛《いと》しいあの子が、待っているはずだから。

（——そこにいるね、サーフェ）

一際大きく輝く光があった。

グレンは魂における感覚で、理解した。

あの光を持っているのが、サーフェンティットだと。

リンド・ヴルムではその日、突如《とつじょ》としてお触《ふ》れが出された。

手の空《あ》いているものは、ランタンを持って、大通りに集合すること――スカディの名で出された命令に、みな従った。

誰もがこの命令の意味を理解していたわけではない。街におけるスカディの人気と、お祭り好きな気質が噛み合わさって、一種のイベントくらいに考えていたものが多い。墓場街のスケルトンやゾンビたちが配るランタンを手に持ち、大通りに並ぶ。

空から様子を見ていたハーピーたちは、それを見て感嘆《かんたん》した。のちに、リンド・ヴルム広報にて、あるハーピーの発言が広まった。

『墓場街からリンド・ヴルム中央まで、光の道ができていた』――という言葉が、後々まで語られることになった。

もちろん、そのランタンの列には、事情を知るものが多く集まっていた。

「おおい」

うねうねと。

自分の蔓《つる》にランタンを掲げて、アルルーナが呼ぶ。

「スカディ。娘や、配下のものどもにもランタンを持たせたぞ。これでよいのか」

「うん、だいじょーぶ」

自分もまた、ランタンを手に持って、スカディが応じた。

「明かりを持って、ただ待っておれば……診療所の若君がよみがえるなど本当かの。わしがキッスでもしてやったほうが起きるのではないか？」

「グレンの周り、婚約者たちがしっかり囲んでるよ」

「む。サーフェやアラーニャ相手では分《ぶ》が悪いな。ええい、死ぬ前に一度くらいまぐわっておきたかったのに」

「色情魔……」

スカディがジト目を向けても、アルルーナは素知らぬ顔。

「ま、夫婦が増えるのは喜ばしいことよ。産んで増やして経済をどんどん回してもらわねばな……そのためにも若君にはよみがえってもらわんと」

「そうだね……」

スカディはずらりと居並ぶランタンを見た。

いつかの収穫祭を思わせる光景だ。実際、あの祭りを再現しているのだろう。収穫祭は死者が墓場街に戻ってくるための祭りでもあった。

同じ方法で、ランタンを道しるべにして、グレンの魂を戻す。

本当にそんなことができるのか疑問であったが、二代目モーリーの言葉によればそれは可能らしかった。

「どうした、難しい顔をして」

「――なんか全部、初代モーリーの思惑《おもわく》通りで、気に入らない」

不機嫌のオーラを発して、スカディが言う。

「勝手ばっかりして、アイツはまったく」

「ははは。他人に施《ほどこ》すことばかり考えて命を落とした女だぞ？　ヤツの考えなど、追いかけるだけ無駄というものよ。だが――」

アルルーナはちらりと、中央広場にしつらえられたベッドを見た。

「だからこそ、あそこにおる娘たちの笑顔が、戻るとよいな」

「うん」

スカディは頷いて。

「この街、なるべくみんな、笑っていてほしいから」

「勝手気ままな竜が、随分と住民思いなことよ、ところで……じゃな」

アルルーナは、遠くを見た。

大通りから見えるヴィヴル山。その中腹から、巨大な光が揺らめいている。

「あそこで、ぶんぶん振られておる、どでかいランタンは――」

「ディオネの」

「じゃろうな。あんな山の中で意味あるのか」

「さあ、知らない」

　スカディはくすくす笑う。

　こんなやり取りさえ、かけがえのない人や魔族の営《いとな》みなのだろう。それが好きで、スカディはドラゴンから人になったのだ。

　あと何百年、これを見られるだろうか。

　自分より先に死ぬものたちばかりであっても——見届けようと決めたのだ。その背中を押したグレンにも、なるべく生き続けてほしい。

「でも、楽しいよ」

　スカディは笑って——ディオネのランタンに呼応《こおう》するように、ランタンを高く掲げるのであった。


　グレンのベッドは、棺《ひつぎ》のようだ、とサーフェは思った。

　泣きはらしたティサリアが、ランタンでグレンの顔を照らす。アラーニャが傍《そば》にひざまずいて、グレンの胸を撫《な》でている。

　噴水《ふんすい》の縁《へり》には、ルララがいくつものランタンを並べている。今リンド・ヴルムにいないスィウ、イリィ、プラムの分だそうだ。
ルララは、ランタンの火に囲まれながら歌っている。

そうするのが当然だというばかりに——夜の中央広場に、人魚の歌声がずっと響いている。

サーフェは。

自分でも意外なほどに、冷静だった。モーリーとライムが作ってくれたランタンを手に、じっとグレンの顔を見つめている。

心臓の動いていないグレンの顔は、死人そのものだ。

「本当に——これで助かりますの？」

「わからへんけど、支配人様が言うとるんやろ。信じるしか……それに他にすがるものもあらしまへん」

「うう、お医者様……」

二人の婚約者が、悲痛な顔でグレンを見つめている。

こんなに二人を泣かせて、なにをしているのだ、という怒りがやってくる。

「サーフェ……顔、怖いですわよ」

「そう？」

ティサリアに言われて、慌ててサーフェは自分の顔に触れた。顔が強張《こわば》っていたことにようやく気づく。

「信じられないのはわかりますわ、でも――」

「いえ、信じていますよ。グレンが戻ってくると」

「え？」

意外な返答だったのか、ティサリアが頓狂《とんきょう》な声をあげた。サーフェはぐにぐにと、自分の顔をマッサージしながら。

「モーリーさんが言うのです。死者をつかさどる彼女の言葉なんですから、きっと相応の根拠があるのでしょう」

「では――何故そんなに、怖い顔を」

「ちょっと覚悟を決めていまして」

サーフェは鋭い眼力で。

「これで戻ってこなかったら――もういよいよ、私の方が地獄に赴《おもむ》いて、グレンを連れて帰ろうかと思っていただけです」

「勘弁してほしいわ。旦那《だんな》様と親友、いっぺんに亡くしたら生きていかれまへんえ」

アラーニャが心底《しんそこ》呆《あき》れたようにそう告げる。

「――そうね。ごめんなさい」

「もう」

「でも、それくらい覚悟があるのよ。だから――グレン」

サーフェは。

横たわるグレンに、にゅっと蛇《へび》の身体を伸ばして近づいた。

「あなた、医者でしょう。もう立派な医者よ。だから早く戻ってきなさい――好きな女を死なせるなんて、医者失格でしょう……ね？」

グレンは答えない。

サーフェは泣かない。涙腺《るいせん》がないから――というのもあるが、もう泣かないと決めた。めそめそしているのは性《しょう》に合わない。

この身に死ぬほど詰まった愛の重さは、サーフェを衝《つ》き動かす原動力だった。

グレンに愛を捧《ささ》げるために生きてきたのだから、それをどこまでもぶつけ続けて、グレンの魂を取り戻す。

「ねえ、聞いているんでしょう――早く戻ってきなさい、グレン」

サーフェは語り続ける。

きっと聞いていると信じて。

「グレン、ねえ」

ラミアの重すぎる愛を受け止めてくれると言った、人間の男に。

「戻ってきてよ」

何度でも。

「ほら――早くしないと――私も一緒に死んじゃいますよ」

「それは」

グレンの唇《くちびる》が動く。

サーフェの目が見開かれる。

「勘弁してほしい……かな」

懐《なつ》かしい。

数日聞いてなかっただけなのに、もうずっと聞いていなかったかのような――グレンの声が聞こえた。

「サーフェにはまだまだ死んでほしくないから――戻ってきたよ」

「グレン……」

本当に生き返った。

信じていなかったわけではないが――目《ま》の当たりにして、やはり呆然《ぼうぜん》となる。

「センセ……」

「お医者様！」

「先生！　本当に先生!?」

アラーニャがくずおれて泣く。ティサリアが泣きながらグレンにしがみつく。ルララの歌が中断した。

「――ごめん。心配かけて。でも戻って来れたよ」

「もう――」

サーフェは。

蛇の下半身で、にょろにょろと崩《くず》れそうになる自分の身体を、必死で支えた。グレンが手を伸ばして、サーフェの肩に触れる。

「ただいま、サーフェ」

「――――」

サーフェは、喜びの声をあげたくなる自分を抑えた。

グレンの前ではいつだって、知的で理想的な女性でいたかった。たとえ内心では、愛と歓喜《かんき》がぐるぐると渦《うず》巻《ま》いていたとしても。

それをそのまま表に出すのは、サーフェの矜持《きょうじ》が許さなかった。

「なにがあったのか……たっぷり聞かせてもらいますからね」

「うん。わかってるよ」

グレンが微笑む。

この男は――きっとこれからも、何度となくサーフェに心配をかけるだろう。トラブルから逃げられない。医者という仕事柄、もうこれは運命だ。

ならばとことん付き合う。

地獄の果てでも、ラミアの執念深さで追いかける。

そしてこう言ってあげよう。

「おかえりなさい、グレン先生」

直前に強張っていた顔をほぐしたおかげで。

自然に、魅力的な笑顔ができた――そんな風に思うサーフェなのだった。

エピローグ　いつかそこに行くとしても

グレンはよみがえってから数日、中央病院に入院した。

片時も離れようとしないサーフェを伴《ともな》い、いくつもの検査を受けたが、結果はどれも良好。なんなら倒れる前よりも健康である、とまでいえる結論が出た。クトゥリフはとにかく理解できない事態に頭を痛めていたが――。

健康ならばなんの問題もない。

グレンはすぐに、リトバイト診療所で診察を開始することになった。

「はい、母子ともに健康ですね。シルシャさん」

グレンは笑ってそう声をかけた。

以前、診療所に来たミノタウロスの若妻――シルシャ・テシウスは、今では立派《りっぱ》に一児の母であった。

生まれた子どもは、ミノタウロスの栄養豊富な母乳を飲んで、すくすくと育っている。頭部にちょこんと生《は》えた角《つの》が可愛《かわい》らしい。

「あの～先生～……大丈夫なんですか～？　こないだの騒ぎ、先生が倒れたって～」

「はは。ご心配をおかけしました。もう大丈夫ですよ」

のんびりしたシルシャの問いに、グレンは笑顔で応《こた》える。

「皆さんの健康のためにも、まずは僕自身がしっかりするつもりです。すみませんでした」

「あぁ～、いえいえ～。大丈夫ですよ～」

シルシャは赤ん坊を抱きあげながら微笑《ほほえ》んで。

「以前より……とてもしっかりしたお医者さんになったと思います～。これからも頼りにしていますから～」

「はい。お子さんのことで心配があったら、いつでも来てくださいね」

診察室を出ていくシルシャを見送る。

グレンは真剣な表情で、カルテに所見《しょけん》を記入していった。

「――随分褒《ずいぶんほ》められましたね、先生」

にゅっ、と。

診察の邪魔をしないよう、隅《すみ》にいたサーフェが、半眼《はんがん》で声をかける。

「はは――実際、心配をかけたのは事実だからね。患者さんの信頼を取り戻していくためにも、これから頑張らないと」

「相手は人妻さんですよ」

「なんの話!?　そういうのじゃないから」

「どうだか」

　じいいいと半眼のサーフェに、グレンはたははと笑う。

「――冗談です。さすがにもう、そんなことでいちいち嫉妬《しっと》したりはしません」

「本当かい？」

「もちろんです。私はグレン先生のお嫁さんですから」

　サーフェは一転、いたずらっぽく、ふふふと微笑んだ。尻尾《しっぽ》が左右に振れているので、本当に機嫌が良いことがわかる。

（大変だったけど――）

　リンド・ヴルムはまだ熱波に襲《おそ》われている。

　その暑さにみな辟易《へきえき》している。先ほどのシルシャも、暑さで赤ちゃんの体調が変かもしれない、という訴えだった。結果的には何もなかったが、母としては心配になるのだろう。

　それでも、あくまで自然現象としての暑さだ。

　冥府《めいふ》で感じた暑さ――自分の温度が低すぎることに比べれば、よほど健康的だ。

（何とか帰って来れて、よかった）

　月末、グレンとサーフェは結婚式を迎える。

　サーフェがいそいそと取り組んできた結婚式の準備が実を結ぶ。結婚式の前に死ぬなど縁起《えんぎ》が悪いにもほどがあるが――。

（まあ、僕らしいってことなのかな）

トラブル体質なのは、変わらないらしい。

ふと、診療器具の整理をする妖精と目が合った。帽子をかぶったコティングリーである。共に冥府を冒険した仲であるが、戻ってきてからはろくに会話もしなかった。そもそも。

「かたづけたー」

「はい、ご苦労様です」

コティングリーが短く報告する。

冥府での饒舌《じょうぜつ》なコティングリーはもういない。言語能力も以前のように戻っていた。あれだけ喋《しゃべ》れたのは冥府だからこそなのだろう。

だが、あの冥府を乗りきれたのは間違いなくコティングリーのおかげであった。一人では途方に暮れていたことだろう。

「ありがとうございます――本当に」

「？　つぎのしごとはー」

早く仕事を寄越《よこ》せ、と催促《さいそく》するコティングリーだった。

グレンはそれに応えるためにも、次の患者さんを呼ぼうとしたとき。

「兄者あぁぁあぁああっっ！」

「ッ!?」

叫びが聞こえて、グレンは目を剝《む》く。

診察室に飛び込んできたのはスィウであった。

「兄者ぁぁあっ！　兄者が死んだと聞いたで御座《ござ》る！　これは一体どういう……姉者との結婚もまだだというのにあんまりで──あれ？　生き……てる？」

「スィウ、人間領に行ったはずじゃ……！」

涙と鼻水で顔をぐしょぐしょにしたスィウであったが、グレンの姿を見て呆然《ぼうぜん》としている。

その後、診療所に続々と見知った顔が入ってくる。ソーエンにプラム、イリィ、サキまでいる。

「だから話を聞けと言っただろうがこのイノシシ妹が──」

「兄者！　本当に兄者で御座るか！」

「うん、僕だよ。ごめんねスィウ。騒がせたみたいで」

ソーエンがグレンの顔を見て、はああと大きな息を吐いた。

「生き返ったという報告は聞いていたが、まさか本当だったとはな──すまんグレン。スィウには詳細《しょうさい》を隠すつもりだったのだが、グレンが死んだという部分だけ盗み聞きされた」

「盗み聞きとは失礼な！　兄者の死などという大事、なぜスィウに隠すので御座るかソーエン兄！」

「最後まで聞かずにリンド・ヴルムまで飛び出すからだ馬鹿者《ばかもの》！　プラム嬢とイリィ嬢の迷惑も考えずに貴様は――ッ！」

「だって大変で御座るから――おろろろ？」

ソーエンが叱《しか》りつけると、スィウが頭から煙を出した。くらくらと頭が揺れている。

「ぷしゅう」

「ああもう、全力で走るからだ――サキ。水を」

患者が増えた――とグレンはため息をつく。

「せ、せんせー。マジで先生？　あーしも心配したんだけど」

「本当だぜ！　一度死んだって聞いたときはびっくりしたよ！　急いで帰ってみたらコレだし さ、本当に生きてんの!?」

プラムとイリィが、おずおずと声をかける。

「ああ、うん、二人にも心配かけたね。もう大丈夫だよ――イリィのおかげで」

「へっ、アタシ？　なんで？」

「それは――信じてもらえないかな」

イリィの祖先のフェニックスたちと、冥府で出会った――などと。

信じてもらえるはずもない。そもそも冥府での出来事は、クトゥリフとスカディ、そして二代目モーリーにしか話していなかった。グレン自身、あの出来事は夢のようであったたし、事実だと証明することができないでいる。

　グレンは一時、意識不明だったが奇跡的に息を吹き返した医者。

　ランタンの集会は、ドラゴンに伝わる回復の祈禱《きとう》。

　世間《せけん》的には一応、そういうことになっている。

「はいはい。診察の邪魔だから、グレンの無事を確認した人から出ていきなさい。サキさん、スィウはベッドで休ませていいですから」

「はい、感謝いたします」

　サキが、熱量過多でのびてしまったスィウを軽々と担《かつ》ぎ上げる。

　サーフェに追い出されていくイリィとプラム。そしてソーエン。

　ソーエンはちらり、とグレンを見て。

「――あまり問題を起こすな」

「はい、自重します……」

　グレンは殊勝《しゆしよう》に頭を下げる。今回ばかりは、ソーエンにとんでもなく大きな迷惑をかけたと理解できた。

「だがまあ――無事でなによりだ」

　小声でそう言って、ソーエンは出て行った。

　素直じゃない兄だ、とグレンは笑うのだった。

グレンは冥府の件を、限られた者にしか話していない。

しかし、復活したグレンがおかしいことを、はっきりと感じていたものがあった。

病院の看護師――ライムである。

墓場街の教会で、ライムはその全身をぷるぷると震わせた。

「そぉ――いうことデスかぁ――ッ！」

グレンが冥府の旅をしたこと。

フェニックスの力のおかげで復活したこと。

それらをライムは、二代目モーリーから聞き出した。すでに『成分識別を終えた』とのことで、ライムはモーリーと別個体だと認識され、体が引き寄せられることはなくなっていた。

「おかしいと思ったんデスよ！　復活したグレンくん、平然とアカデミーの研究室時代の話をしたりなんかして！　記憶がなくなったはずだったのに……」

「推測《すいそく》。フェニックスの力によって欠損《けっそん》した記憶が再生した。ライムの体組織《たいそしき》もまた、グレンと完全に同化して再生した可能性がある」

「おぶぶぶぶっ！　こっちは心の準備がまだできてなかったデス！」

わめくライム。それをモーリーは無表情に見つめている。

すでに同化の恐れもなく、地下室で一緒に作業をしたライムは、すっかりモーリーと親しくなっていた。

　それゆえに、グレン復活の経緯《いきさつ》を聞くことができたのだが。

「――それで、どうするのだ、ライム」

「うっ⁉　ど、どうするとハ……」

「医師グレンに結婚の申し込みをするのか。記憶が戻った以上、グレンはライムと親しかったことをはっきりと覚えているのだろう？」

「お付き合いもなにもかもすっ飛ばして、いきなりそこまでできまセンよ！」

　泣きながらライムが言う。

　ついこないだまで忘れられていたのだ。グレンのほうがライムを憎《にく》からず思っていたとしても、ライムのほうに結婚を申し出る勇気がない。

　しかもグレンはおそらく、『思い出した』という意識さえない。

　元々グレンが経験した記憶だからだ。あって当たり前の記憶で、それがフェニックスの力で完全なものとなっただけ。むしろ今まで、何故《なぜ》ライムと疎遠《そえん》だったのかを不思議がってるフシさえあるのだ。

「では、なにもしないのか」

「それを今考えているんデスよぉ～～ああううう～～～グレンくぅん」

「好意があるならばさっさと交配するのが最適解だと判断する」

「そんな単純な話じゃないんデス！　もうご先祖さまってばぁぁ！」

ライムは、グレンとの関係をどうするか悩んでいた。

彼にはすでに婚約者が三名と、婚約者候補が一名いる。この上、ライムまでも名乗りを上げてしまえば、グレンの負担になる。

いや——それ以前に、アカデミー時代にわずかに気になっていただけの後輩と、いきなりそこまでの関係になるべきか、悩んでいた。

「——リンド・ヴルムの法制度では、重婚は問題ない。医師グレンとの関係はゆっくり進めていけばいいと判断する」

「おお、さすがご先祖様……」

「もっともその前に、私が医師グレンと懇《ねんご》ろになる可能性もあるが。医師グレンの好感度上昇は実に有益。とにかく肉体関係を結べば——」

「見直した私がバカでしタ！　グレンくん狙《ねら》われまくって可哀想《かわいそう》デス！」

ぎゃーと噛《か》みつくライムだが、モーリーは素知らぬ顔であった。

（でも）

ライムは息を吐く。

（相談できる相手がいるのは……助かりマスね。やっぱり元々同じ種族だからか、全然遠慮も必要ないデスし……）

不定形の存在同士、割と気安い仲になれていた。グレンが死ぬという大騒動がきっかけだったとはいえ、これはライムにとって収穫であった。

「さて――親しみを交えた世間話を終了し、次のステップに移る」

「はっ、はいデス！」

ライムは真剣な顔になる。

ライムが墓場街に通っているのは、なにもグレンのことを聞き出したいわけではない。いや、それもあるのだが――。

今日のライムは、あくまで看護師であった。同化の懸念《けねん》がなくなった以上、ライムはモーリーから教えてもらわねばならないことがある。

「次は犬だ」

モーリーは。

自分の肉体を分離させ、うにょうにょと変化させていった。それは形も色も変動していき――やがて、小さな子犬の姿になる。

子犬は腹が裂けていた。息も絶え絶えであり、腹部からはリアルな出血をしている。瀕死《ひんし》の状態だ。モーリーの擬態《ぎたい》とはいえ、その精度は本物と見まがうほどだった。

「先ほどの昆虫よりも複雑な内臓だ」

「やりマス！」

ライムは。

いつかグレンにしたように、自分の身体《からだ》を犬に滑り込ませる。モーリーの分身だとわかっていても、内臓の構造は本物と寸分《すんぶん》たがわない。

ライムがここに来ているのは、クトゥリフの命令だった。彼女が行う『スライムによる代替《だいたい》医療』の研究はまだまだ続いていた。

かつては、自在にその姿を変えることで、内臓も作っていたというショゴス。そのスキルをライムが会得《えとく》して、更《さら》に他のスライムたちも学ぶことができれば――それは医療にとって大きな革命となる。

クトゥリフによれば、スライムの細胞だからといって、どの生物にも移植できるとは限らない。スライムと患者の相性もあるようだ。更なる研究が必要であり――そのためにも、モーリーの力が必要だという。

（グレンくんとの関係はこれからデスけど……）

犬を自分のスライム組織に包み込み、欠損した内臓を治していくライム。

（私も成長してマス……お姉さんとして、先輩として、ちゃんとグレンくんとの関係、作っていけるはずなんデス！）

ライムは笑った。

フェニックスの力があったとはいえ、ライムの細胞が、グレンの神経を繋《つな》げたことは間違いない——それはライムにとって、過去と今を繋いだということ。

クトゥリフの代替医療研究も、間違いではなかった。

ライムの中でくすぶっていた過去が、ようやく。

未来を目指すための力になるようで——それがライムには、たまらなく嬉《うれ》しいのだった。


「まったく——」

スカディは、議会の自室から、リンド・ヴルムを見る。

グレンの死の騒動があっても、リンド・ヴルムはいつも通りだった。なにしろ当のグレンがいつも通りなのである。

「死んだっていうのに、けろっとして」

「何事もなくて良かったではありませんか」

護衛《ごえい》の苦無《くない》が告げる。

「グレン医師に会いましたが、魂《たましい》の欠損もありません。キレイなものです。先代モーリーが、魂を上手《うま》く切り離した結果でしょう」

「全部冥府の女王の画策《かくさく》なんだって？　……私が冥府に行ったら文句言ってやる」

「さて、何百年後になりましょうか」

苦無が苦笑する。スカディは憮然《ぶぜん》として横を向いた。

「グレン医師が死ぬのが先でしょうな」

「あーもー……長生きしたくなくなる……どんな顔してるんだか、冥府の女王」

「まあそうおっしゃらず」

スカディは執務室の机に、のベーと体を載《の》せる。

太い尻尾が左右に振れて、不機嫌であることを伝えてきた。

「何百年後であろうと、死出の旅もお供《とも》いたしますよ、竜闘女様《りゅうとうじょ》」

「うん。よろしくね」

スカディは笑う。

自分の生命力は強すぎる。だからこそ冥府の女王に目をつけられたのだろう。まわりまわって、それでグレンに迷惑をかけてしまった。

ただ――それで、あの時手術もせず死ねば良かった、などとは思わない。

(私も生きてる)

もう、飽《あ》くほどに生きたスカディだ。

これからも退屈な日々の中で、ほんのわずかの楽しみを探すような――九割以上が時間つぶしのような、そんな生を送るのだろう。

ディオネのようにのんびり暮らすか、クトゥリフのように己《おのれ》の道に邁進《まいしん》するか、どちらかに割り切れればいいのだが――それすらも飽くほどに、スカディの生は長くなってしまった。

だが、それを厭《いと》うことはもうない。

いつか冥府の女神に文句を言ってやるためにも——しっかりと自分の寿命《じゅみょう》を生きよう、と思うスカディだ。

(死んだとき、真っ向から言ってやろ——私は長すぎる私の命を、思いっきり楽しんだぞ、どうだぁーって)

果たして、それを聞いて冥府の女王はどうするだろうか。

悔《くや》しくて歯嚙《はが》みするなら、それはスカディにとって痛快であった。

「どんなヤツかな、冥府の女王」

スカディは、顔も知らぬ神を思う。

古来《こらい》より、神に唯一《ゆいいつ》抗する生物が、ドラゴンである。

「はて——グレン医師の話では、竜闘女様と似ていたようです。性格が」

「えええぇぇ～やだぁぁ～」

スカディは子どものように足をばたばたさせて、駄々《だだ》をこねる。

ドラゴンの威厳《いげん》は、とりあえずしまっておきたいスカディだった。

リンド・ヴルムでそんな会話がなされているとは露《つゆ》知らず。

冥府の女王エレは、自分の居城で寝っ転がっていた。ありていに言えば——拗《す》ねていた。

「もー☆　エレ様、いつまでいじけてるの」

「誰のせいだと思っておるのだバカ者め！　私の身体を見せたグレン医師は逃げたし、その手引きをしたのは大事な部下だと思っていたお前だし！　フェニックスどもはいつまでもくっついて鬱陶しいし！　もー！　やってらんない！　もー！」

「だからごめんなさいって☆　でもね、死の女神様だからって、やっていいことと悪いことがあるってわかってほしかったのよ」

「もう女神やめるぅーっ！」

自分のベッドで、枕を抱きながらごろごろと転がるエレであった。

やれやれ、と自分自身に抱えられながら、モーリーが息を吐く。こうなることは予想していたが、さすがにちょっと裏切りが過ぎたらしい。

エレの半身からは、ぷすぷすと黒煙が昇っている。フェニックスの力の残りであろう。あれだけの数のフェニックスが命の力を与えても、エレの死んだ半身をどうにかするには至《いた》らなかったらしい。

フェニックスたちは力を使い果たしたのか、またウジ虫のようになってエレの身体にくっついている。再生する不死鳥たち――またなにかのきっかけがあれば燃え出すだろうが、今回はこれが限界のようだった。

黒い妖精たちも、心配そうにエレの肩を撫《な》でたり、足元を飛んでいたりする。

「──なーんもいいことない」

憮然として、エレがそう言った。

モーリーは息を吐く。

全《すべ》てのものを救済したいモーリーだ。それはこの、不憫《ふびん》な冥府の女王もまた例外ではない。

せめて彼女の気が済むまで、文句を聞いてあげようと思った瞬間だった。

「あら☆？」

ぶうん、と闇妖精が飛んでくる。

言語はないが、妖精たちの思念は、死の妖精となったモーリーに伝わる。彼の報告を聞いて、モーリーはふふふと笑った。

「エレ様ぁ☆　珍《めずら》しいお客様が来てるようですよ」

「誰だか知らぬが追い返せ」

エレが素っ気なく言うけど。

「ざぁんねん☆　もう呼んじゃいました」

「貴様ぁ！」

エレが怒るのと、部屋に客人が入ってくるのは同時だった。

かぐわしい花の芳香《ほうこう》が部屋に満ちる。この暗い暗い冥府にあって、客人のいる場所だけ、光が当たってるかのようだった。

「まあ、荒れているのね、エレ」

「げえ、妖精女王」

「まあまあ、せっかく来たのにそんな言い方……この前あげた花の香水は使っている？　私の子たちが、良いお紅茶を持ってきてくれたのよ。一緒にお話ししましょう」

　モーリーは一歩下がって、敬意を示した。

　入ってきたのは、背中に蝶《ちょう》の翼を持った女性――妖精たちを統《す》べる女王だ。その高貴さゆえに、闇妖精たちは彼女から逃げるし、モーリーも彼女の顔を直視することができない。

　冥府の住民には、光の属性が強すぎる。

　彼女と対等に話せるのは、この場ではエレだけだ。

「――なにしに来たのだ」

「私の部下が、ここでお世話になったと聞いて。事の顚末《てんまつ》はその子から聞いているけれど、せっかくだから一緒にお話ししようと思ったの。私たち、お隣さんでしょ？」

　位相が近いだけで、冥府と妖精郷は『お隣』などという気軽な関係ではない。

　だがそれを軽々超えてやってくるのが妖精女王であった。

「今、お前みたいなキラキラしたヤツと話す気分じゃないんだが」

「ふふっ、じゃあ私も、エレみたいにどんよりしながら話すわね」

「お前、嫌味を言いに来たの!?」

妖精女王は我がもの顔で、テーブルに着く。エレも挑発《ちょうはつ》に乗って、キレながら席に座った。

エレがどれだけ怒っても、妖精女王は素知らぬ調子で。

「ふふ、どうせ落ち込んでいるだろうと思って——でもそうやって怒っているほうがエレらしいわ」

「ムカつく。全員死ね」

「ごめんなさいね、妖精は死なないのよ」

妖精女王がくすくすと微笑みながら。

「でも、貴女《あなた》のお話に付き合うことくらいはできるわ。さあ、今度はどんな意地悪をしたのかしら、冥府の女王様？」

「——いつかお前も冥府に落としてやる」

モーリーは知っている。

憎まれ口を叩《たた》かれながらも、エレは妖精女王からもらった香水を愛用している。半身の腐《ふ》臭《しゅう》を隠すためには、妖精郷の花で作られた香水は効果的だ。

——あの若医者は、香水越しでもエレの不調を見抜いたが。

人の死を願う性分《しょうぶん》ではないが——グレンが本当に死んで、早くエレの主治医となってほしいと思うモーリーだった。

「ふふっ」

「おい、なにをしているモーリー。早く紅茶の用意をしろ」

「はぁい☆　ただいまぁ」

誰も彼も幸せになればいい。

そのための労力は惜《お》しまない。

モーリーはそんなことを思いながら、紅茶の用意をする。彩《いろど》りの少ないエレの居室に、かぐわしい芳香が広がっている。

「誰もが良く生きられますように」

妖精女王がそう言うと。

「誰もが早く死ねばいい」

冥府の女王がそう言い返す。

エレが紅茶のカップを握る、その手――指先に、わずかに薄皮《うすかわ》が張っているのを、エレは見逃すことはなかった。決して治らぬエレの半身も、フェニックスの力で少しずつ再生されているのだ。

（きっと長い……途方もなく長い時間がかかるでしょうけど）

口に出せば怒られるので、モーリーは言わないけれど。

（エレ様にも、救いがありますように）

修道女の微笑みで、モーリーはただ祈るのであった。

鐘《かね》が鳴る。

リンド・ヴルムで、鐘が鳴る。

グレンは正装でもって、中央広場の教会にいた。参列者は皆、グレンの知っている顔ばかり
——空は晴天。

今日は結婚式だった。

「先生」

サーフェが、ドレスに身を包んで笑っている。手にはブーケを持っていた。

彼女の笑顔を取り返すことができて良かった、とグレンは思った。脇《わき》に控《ひか》えているのはティサリアとアラーニャ。

これから三名と一緒に、式を挙げる。

「うん」

グレンは頷《うなず》く。

これからもリンド・ヴルムで医者をやっていくだろう。その時、すぐ傍《そば》にいてくれるのは誰よりも頼もしい薬師《くすし》のラミアだ。

誰もが死ぬために生きている。

だからこそより良く生きたいと願う。

そのために、医者は全力を尽くす。そしてグレンはきっと——死んでも医者をやるのだろう。なにしろ冥府の女王と約束してしまったのだから。

これは、そこに至るための第一歩だ。

いつかは冥府に行くとしても、今はまだ途中なのだから。

「グレン・リトバイト——」

教会の壇上には、モーリーがいた。

特になんの教義も信じていないグレンとサーフェは、魔族風の結婚式を行っている。仲人《なこうど》は修道女服が似合うモーリーに頼んだ。

死ぬまで愛を誓《ちか》うには、相応《ふさわ》しい相手だと思った。

「汝《なんじ》、病《や》めるときも健《すこ》やかなるときも——」

モーリーはギョロ目で淡々《たんたん》と問う。

「死が二人をわかつまで、愛することを誓うか？」

グレンはちらりと、サーフェを見た。

サーフェはおずおずと——どこか不安そうに、グレンを見ていた。ことこの場に至っても、あるいは万が一、断られるのではないかと。

大丈夫だよ、と心中で思う。

（病める時があれば僕が治すし、たとえ死んでも——）

いつか誰もが冥府に行く。

それはつまり——死後も同じ場所で再会できるということだ。

死でも二人はわかてない。

「たとえ死んでも愛します」

グレンはそう答えた。

「————ッ！」

サーフェがはにかみながら——段取りを一切無視して、グレンに巻きついて、キスをするのは。

その数秒後のことなのだった。

あとがき

皆様こんにちは、折口良乃《おりぐちよしの》です。

最終巻を読んでくださいまして、ありがとうございます。

ほんとーに、ほん……とーにお待たせしてしまい、すいませんでした。なんと9巻の刊行から一年と一カ月、間が空《あ》いております。

ここまで空いたのにはまあ、色々と理由があるわけですが、つらつら述べても言い訳にしかならないので簡潔に言うと――。

『最終巻、やりたいことは決まってるし、ささっと書けるやろ』と思い、スケジュール見積もりを完全に見誤った結果です。

本当にすみませんでしたぁ！

最後です。グレン、死んでます。

もうね、ぶっちゃけシリーズ十一冊ともなると、たいていのテーマはやりつくしているんですよ。

　９巻も、グレンとサーフェの恋も行くところまで行きまして、これ以上は結婚するしかないところまで描いてしまったわけです。じゃあもう、どうするんだよと。

　生きている時のことをあらかた書いてしまったのですから——死んでからの話を描くしかないよね。

　医者と冥界《めいかい》、というテーマは古代ギリシャから鉄板なわけですが、今回ばっちり使わせていただきました黄泉《よみ》くだり。冥界の神は個性的と相場が決まっておりますが、エレもなかなか良い感じに書けたのではないかと思います。

　あとは、やはり初代モーリーですね。

　なんと言っても、デュラハンです。首を脇《わき》に抱える！　最高ですね。

　女の子はやっぱり、鱗《うろこ》があるか、首がとれるかしたら魅力がぐぐっと増す気がしますね。


　伏線回収というのは大事です。

　最終巻にあたり、モン医者も大量の伏線を回収せねばなりませんでした。

　無責任に広げた伏線の糸を、過不足なくより集めて、丁寧《ていねい》な一本の線にしていく。伏線回収とはそんな作業でございます。

　シリーズ最終巻でそれができないと色々と石を投げられるわけですが、皆様の目から見ていかがでしたでしょうか。

ちゃんと伏線回収できてましたかね。

『おお、まあまあ、まとまったやんけ』などと思っていただければ幸いですし、次回以降の作品の自信にもつながります。

それでは謝辞《しゃじ》を。

編集の日比生《ひびう》さん。長い間のお付き合い、ありがとうございました。ここまで付き合いが長くなってしまうと、作家と担当というより、友人のような気もしています。結婚ならびにお子さんの誕生、おめでとうございます。

イラストレーターのZトン《ぜっ》先生。キャラは多いわ、変なシーンも多いわと、なにかと大変な本作だったかと思いますが、最終巻まで魅力的なキャラたちを描いてくださりありがとうございました。本作の人気の8割はZトン先生のおかげであったと思っています。

コミカライズの鉄巻《かねまき》とーます先生。またゼロコミカライズ担当の木村光博《きむらみつひろ》先生。ご両名にも大変お世話になりました。いつもありがとうございます。

またいつもつるんでくださる作家の皆様方。ツイッター等で交流してくださる漫画家、イラストレーターの皆様。人外オンリー主催S-BOW様、ならびにスタッフの皆様。全国の書店員の皆様。COMICリュウの担当様ならびに編集部様。ゼロコミカライズの担当様。最終巻までそろえてくれた家族。細かいところまできっちり指摘《してき》をくださった校正様。

そして誰よりも読んでくださった皆様へ、最大限の感謝を。

グレンとサーフェ、そしてモン娘たちの物語をここまで読んでくださいまして、本当に、本当にありがとうございました。

そして、シリーズを無事に完結させた作家には言わねばならないことが一つあります。

新作の執筆！　がんばります！

折口良乃

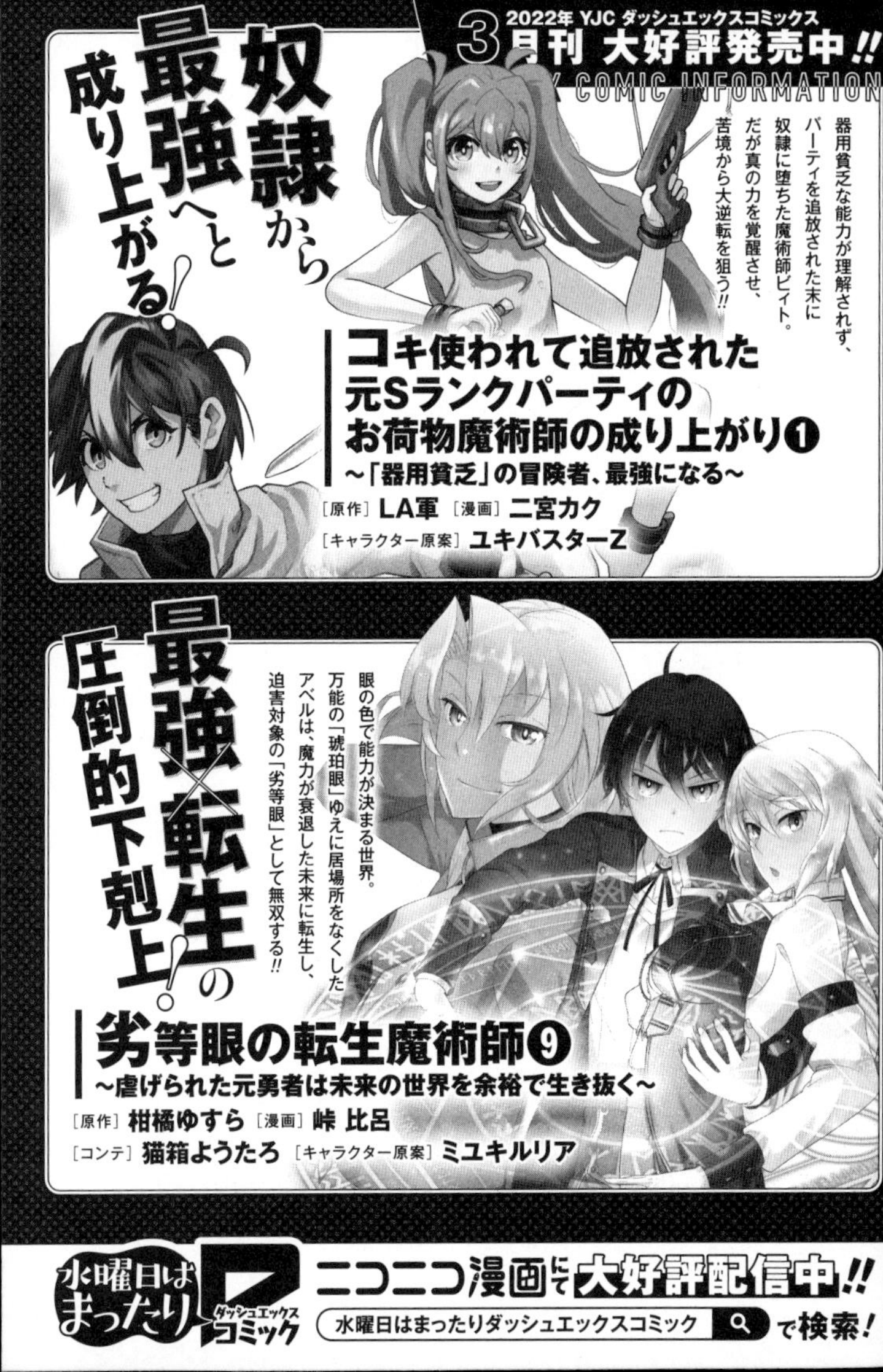
2022年 YJC ダッシュエックスコミックス
3月刊 大好評発売中!!
COMIC INFORMATION
奴隷から最強へと成り上がる!!
器用貧乏な能力が理解されず、パーティを追放された末に奴隷に堕ちた魔術師ビィト。だが真の力を覚醒させ、苦境から大逆転を狙う!!
コキ使われて追放された元Sランクパーティのお荷物魔術師の成り上がり①
～「器用貧乏」の冒険者、最強になる～
［原作］LA軍 ［漫画］二宮カク
［キャラクター原案］ユキバスターZ
最強×転生の圧倒的下剋上!
眼の色で能力が決まる世界。万能の「琥珀眼」ゆえに居場所をなくしたアベルは、魔力が衰退した未来に転生し、迫害対象の「劣等眼」として無双する!!
劣等眼の転生魔術師⑨
～虐げられた元勇者は未来の世界を余裕で生き抜く～
［原作］柑橘ゆすら ［漫画］峠 比呂
［コンテ］猫箱ようたろ ［キャラクター原案］ミユキルリア
水曜日はまったり ダッシュエックスコミック
ニコニコ漫画にて大好評配信中!!
水曜日はまったりダッシュエックスコミック で検索!

ダッシュエックス文庫

モンスター娘のお医者さん10

折口良乃

2022年 3 月30日　第1刷発行

★定価はカバーに表示してあります

発行者　瓶子吉久
発行所　株式会社　集英社
〒101−8050　東京都千代田区一ツ橋2−5−10
03(3230)6229(編集)
03(3230)6393(販売／書店専用)03(3230)6080(読者係)
印刷所　図書印刷株式会社

ISBN978-4-08-631460-2 C0193